孙轶青

西湖偶吟

西湖荷美夏风料香入
功高战友永忆及征程多
血泪和平信是最珍花

西湖偶吟

八三叟孙轶青书

《西湖偶吟》孙轶青诗并书

风雨送春归，飞雪迎春到。已是悬崖百丈冰，犹有花枝俏。俏也不争春，只把春来报。待到山花烂漫时，她在丛中笑。

毛泽东词 卜算子·咏梅 辛巳冬 孙轶青书

《毛泽东词卜算子·咏梅》孙轶青书

太平山上落英旗猎猎，夺回国基奇耻百年终。得雪明珠碧海焕殊姿。

咏香港回归 丙子初夏 孙轶青书

《咏香港回归》孙轶青诗并书

◎《中华诗词》类编

中兴诗国赖群贤
纪念孙轶青先生诞辰一百周年

《中华诗词》杂志社 编

中国书籍出版社

图书在版编目（CIP）数据

中兴诗国赖群贤：纪念孙轶青先生诞辰一百周年 / 《中华诗词》杂志社编. —— 北京：中国书籍出版社，2022.10

（《中华诗词》类编；6）

ISBN 978-7-5068-9206-3

Ⅰ.①中… Ⅱ.①中… Ⅲ.①诗集—中国—当代②诗歌研究—中国—文集 Ⅳ.①I227②I207.22-53

中国版本图书馆CIP数据核字（2022）第177099号

中兴诗国赖群贤：纪念孙轶青先生诞辰一百周年
《中华诗词》杂志社　编

策划编辑	师　之
责任编辑	盛　洁
责任印制	孙马飞　马　芝
封面设计	张亚东
出版发行	中国书籍出版社
地　　址	北京市丰台区三路居路97号（邮编：100073）
电　　话	（010）52257143（总编室）　（010）52257140（发行部）
电子邮箱	eo@chinabp.com.cn
经　　销	全国新华书店
印　　刷	廊坊市金虹宇印务有限公司
开　　本	787毫米×1092毫米　1/16
字　　数	187千字
印　　张	16
版　　次	2022年10月第1版　2022年10月第1次印刷
书　　号	ISBN 978-7-5068-9206-3
定　　价	432.00元（全9册）

版权所有　翻印必究

目 录

诗作

孙轶青 | 欢庆《中华诗词》创刊　2

观贺兰山岩画　2

题赠抗日战争纪念馆　2

西湖偶吟　3

忆周总理　3

访郁孤台　3

题瑞金革命烈士纪念馆　4

红井　4

黄洋界哨口　4

龙虎山　5

游石钟山　5

凭吊耀邦陵园　5

四会江滨堤园　6

游鼎湖山　6

珠海三角洲印象　6

纪念建党八十周年　7

儋州诗海歌乡颂　7

游热带植物园　7

重游三亚　8

鹿回头　8

入世偶吟　8

全面小康福寿长　9

红豆情三咏　9

迎春诗会偶吟　10

战疫魔　10

瞻仰谭嗣同故居　11

文家市口占　11

瞻仰胡耀邦故居　11

晤远别老抗日战友　12

沧州即兴　12

忆肖华　12

车过沧州口占　13

莒南纪游　13

望奎偶歌　13

飞天　14

上海新貌　15

银山塔林　15

收藏之歌　15

参观阳江大明奇石馆　16

咏阳江荔枝基地　16

滨州诗会偶成　16

滨州曲　17

咏青藏铁路三首　17

端午节观常德柳叶湖龙舟赛　18

重游金鞭溪　18

龙口截流　18

大坝建成　19

江轮过闸　19

延庆杏花节　19

游趵突泉公园　20

遵义颂　20

首届海峡诗词笔会祝辞　20

七十一岁生日感赋　21

八十五岁生日偶吟　21

论文

孙轶青 | 诗词必须跟时代同步前进　24

在广东中华诗词学会三周年《当代诗词》十周年纪念大会上的讲话　27

在第五届全国当代诗词研讨会上的讲话　31

传统诗词与时代精神　34

坚持正确方向，发扬优良赛风　42

在"回归颂"中华诗词大赛新闻发布会上的讲话　44

适应时代，深入生活，走向大众　46

在"回归颂"中华诗词大赛揭晓暨中华诗词演唱会新闻发布会上的讲话　52

开创社会主义诗词的新纪元　54

在"世纪颂"中华诗词大赛开赛会上的讲话　61

在全国第十二届中华诗词研讨会上的讲话　64

在纪念钱昌照老会长诞辰百年座谈会上的讲话　69

在中华诗词学会会长扩大会议上的讲话　73

诗词与素质教育　79

走毛泽东诗词创作之路　84

研究学习名家诗词　88

关于当代诗词创作与农业及旅游业的关系问题　93

关于经验的总结和推广　96

重振诗国，奋力前行　101

深化改革，与时俱进　120

为校园诗教唱赞歌　137

全国第十八届中华诗词研讨会开幕词　142

继往开来，同心奋斗，重振诗风　146

全国第十九届中华诗词研讨会开幕词　166

臧克家是一面旗帜　171

《开创诗词新纪元》自序　175

再谈精品战略　177

祝新体诗更加繁荣　180

振兴传统诗词、促进精神文明　182

充分发挥传统诗词的社会功能　185

论格律诗词的声韵改革　190

《中华诗词》创刊一周年雅集讲话　197

传统诗词与青年　199

应当提高传统诗词的地位和作用　207

走向大众与改革创新　212

旅游与诗词　223

为找到当代王维唱赞歌　227

祝贺与期望　229

向朱德诗词学习　231

附：纪念孙轶青会长诞辰100周年朗诵会诗作

周文彰 | 纪念孙轶青会长诞辰100周年　238

范诗银 | 怀念孙老　238

罗　辉 | 孙老诞辰一百周年即事　239

高　昌 | 孙老百年祭　239

林　峰 | 孙轶青老百年诞辰　240

刘庆霖 | 纪念孙轶青会长诞辰一百周年　240

沈华维 | 孙公轶青会长诞辰百年　241

张存寿 | 纪念孙轶青会长诞辰一百周年　241

何　江 | 孙轶青先生百年诞辰有寄　242

黄小甜 | 纪念孙轶青会长诞辰一百周年　242

胡　宁 | 纪念孙轶青先生百年诞辰　243

翁苏梅 | 孙轶青会长诞辰一百周年　243

石达丽 | 纪念孙轶青会长诞辰一百周年　244

李建春 | 丙子年"两会"与孙老在一起　244

郭友琴 | 孙轶青先生百年诞辰纪念　245

武立胜 | 重读《开创诗词新纪元》兼怀孙轶青会长　245

张伟超 | 孙轶青先生百年诞辰　246

宋彩霞 | 纪念孙轶青老会长诞辰百年　246

潘　泓 | 孙轶青会长百年华诞有怀　247

胡　彭 | 缅怀孙轶青老会长　247

何　鹤 | 怀念孙轶青会长　248

诗 作

欢庆《中华诗词》创刊

猎猎吟旗升碧天，泉台李杜亦欣然。
旧瓶自可装新酒，今事何须倡古言？
断代艺坛悲老左，中兴诗国赖群贤。
开来继往铭前训，歌满神州乐永年。

《中华诗词》1994年第2期

观贺兰山岩画

贺兰岩画满山隈，恍见先民放牧回。
万载悠悠荆棘路，换来血雨共春雷。

《中华诗词》1994年第2期

题赠抗日战争纪念馆

雄狮怒吼震卢沟，烽火熊熊遍九州。
浴血八年终奏凯，中华崛起帝魔休。

《中华诗词》1995年第3期

西湖偶吟

西湖荷美夏风斜,香入功高战友家。
忽忆艰辛征战路,和平信是最珍花。

《中华诗词》1995年第3期

忆周总理

德广才高一世雄,狂澜力挽建殊功。
忧时万众天安祭,每岁清明倍忆翁。

《中华诗词》1998年第2期

访郁孤台

忧国忠魂人敬之,郁孤台上诵辛词。
青山岂可遮流水,今日鹤鹄自在啼。

《中华诗词》2000年第1期

题瑞金革命烈士纪念馆

革命红旗血染成，燎原星火殉身功。
陵园俯首怀先烈，泪满心窝敬意浓。

《中华诗词》2000年第1期

红　井

掘井为人民，人民忠义存。
同心干革命，跟定掘井人。

《中华诗词》2000年第1期

黄洋界哨口

壁垒森严遗址存，恍如敌我战犹频。
炮中敌首忽夜遁，毛词丽句倍传神。

《中华诗词》2000年第1期

龙虎山

龙虎山形怪且奇,不生草木绣苔衣。
壁纹抽象西洋画,洞口悬棺考古谜。
百态千姿随境变,波光云影伴舟移。
登临仙女岩凝目,生殖图腾嵌壁齐。

《中华诗词》2000年第1期

游石钟山

石钟山上喜留踪,星砚黄书翰墨情。
重解东坡游记理,深知多问是先生。

《中华诗词》2000年第1期

凭吊耀邦陵园

壮丽旗碑松做墙,忠魂含笑对鄱阳。
只缘领袖兼公仆,凭吊人流日日长。

《中华诗词》2000年第1期

四会江滨堤园

江堤巧创几功能：防患休闲商业城。
若建诗墙添一景，精神物质可双赢。

《中华诗词》2000年第5期

游鼎湖山

鼎湖山上气清凉，古木参天石径长。
喜购端溪三美砚，晚餐倍觉菜肴香。

《中华诗词》2000年第5期

珠海三角洲印象

楼群处处若仙都，高速飞车公路殊。
美食丰衣山水绿，城乡界线渐模糊。

《中华诗词》2000年第5期

纪念建党八十周年

星火燎原盛世兴,中华崛起气如虹。
无边广厦连霄汉,蛇岁喜登新纪程。

人生衣食向求丰,奴隶翻身情理中。
搬掉三山开锁链,神州响彻东方红。

《中华诗词》2001年第4期

儋州诗海歌乡颂

边陲野岭脱蛮荒,全赖东坡文德长。
足食丰衣民气顺,遂成诗海与歌乡。

《中华诗词》2002年第1期

游热带植物园

万木争荣品类全,珍稀怪异自天然。
漫步林荫餐野趣,时开眼界叹奇观。

《中华诗词》2002年第1期

重游三亚

海角天涯寄远怀，无边沙岸任徘徊。
鹿雕山顶凝神望，新起楼群满海隈。

《中华诗词》2002年第1期

鹿回头

猎夫逐鹿鹿回头，化作村姑美带羞。
喜结鸾传留倩影，迷人佳话足千秋。

《中华诗词》2002年第1期

入世偶吟

中华经济若飞舟，冲出国门搏巨流。
举世欢呼新客至，全球贸易利全球。

闭关锁国是贫源，屈辱百年血泪斑。
开放图强生羽翼，雄飞远志上高天。

地球村是一盘棋，村外观棋心路迷。
入世经营机遇广，运筹精妙出神奇。

竞争场上有兴亡,压力翻能弱变强。
兴利多赢兼去弊,神州风貌自堂堂。

《中华诗词》2002年第2期

全面小康福寿长

欢唱脱贫到小康,远离糠菜半年粮。
高歌更上新征路,全面小康福寿长。

《中华诗词》2003年第1期

红豆情三咏
——参加无锡七夕红豆相思节感赋

一、过去

古树虬枝红豆生,痴心爱侣结山盟。
相思苦在难相见,天上人间一样情。

二、现在

红豆爱心稠,相思遍五洲。
地球村日小,相见不须愁。

三、未来

只缘红豆最相思,天下亲情共系之。
皆愿人生长聚首,成真梦想定能期。

《中华诗词》2003年第2期

迎春诗会偶吟

回归诗国振诗风,漫舞吟旗作远征。
全面小康真盛世,桃源处处起歌声。

《中华诗词》2003年第3期

战疫魔

只缘非典害人生,奋起抗击动刀兵。
天道恶行须恶报,纸船送汝上锅烹。

勇斗疫魔气概雄,白衣战士建殊功。
舍生救死诚堪敬,举世啧啧赞美声。

旧时瘟疫大流行,田野荒芜尸骨横。
科技今能医百病,消除灾害保康宁。

公仆身先战火中，红旗猎猎镇妖风。
炎黄共振青云志，高奏凯歌响太空。

《中华诗词》2003年第6期

瞻仰谭嗣同故居

民生为重己生轻，碧血一泓千古雄。
景仰英姿酬大志，浏阳诗会势恢宏。

《中华诗词》2004年第4期

文家市口占

星火燎原此地先，秋收暴动义旗鲜。
乡村占后夺城市，开国天安万万年。

《中华诗词》2004年第4期

瞻仰胡耀邦故居

山村农舍育精英，百炼成钢铸大雄。
公仆一朝兼领袖，倡廉拒腐共康宁。

《中华诗词》2004年第4期

晤远别老抗日战友

别经半纪鬓皆霜，战友重逢夜语长。
共叙青纱擒日伪，同夸红嫂护忠良。
吃糠只为苏民困，游击确能制敌狂。
蓄力反攻如卷席，教人永忆气轩昂。

《中华诗词》2005年第8期

沧州即兴

四十年前旧地游，忠魂和泪满心头。
今朝堪慰乾坤变，百业兴隆钻井稠。

《中华诗词》2005年第8期

忆肖华

忆昔将军来乐陵，遍燃烽火筑干城。
军民征战同甘苦，冀鲁长留鱼水情。

《中华诗词》2005年第8期

车过沧州口占

故乡难忘是沧州，遥忆当年战火稠。
九死一生余尚健，缅怀先烈泪潜流。

《中华诗词》2005年第8期

莒南纪游

深知党校重修身，千里来求马列魂。
经岁整风思路苦，丹心深省慕完人。

日寇投降势喜人，新区双减庆翻身。
中华崛起民心振，鞭炮轰鸣歌入云。

冒雨飞车寻旧踪，土房不见尽砖庭。
改天换地人欢畅，昔日愁容变笑容。

《中华诗词》2005年第8期

望奎偶歌

塞外诗乡天下闻，只缘诗系众官民。
边吟边上康庄道，绿野望奎人气新。

《中华诗词》2005年第10期

飞 天

飞船似箭入苍穹，首次载人天外行。
登月可期非梦幻，嫦娥狂喜广寒宫。

体健心雄走太空，展旗寄语俱从容。
成功初试志高远，此是宇航第一程。

弹星之后又飞天，科技神奇国力先。
开发太空天下利，欢呼声浪满人间。

太空浩瀚少人烟，双将称雄飞上天。
相信回归能再见，安危仍系万心间。

结伴遨游昼夜旋，身心舒适睡眠甜。
遥隔天地频通话，天外原来人胜仙。

启航不易返尤难，设计精明设备全。
欢庆凯旋双将至，中华崛起世人前。

鞭鸣旗舞众狂欢，四海炎黄豪语宣：
勿愧前贤千古梦，探明宇宙不息肩。

宇航堪贺数三强，万里征程新路长。
人类康宁唯所愿，和平永做痴情郎。

《中华诗词》2005年第12期

上海新貌

广厦如林雨雾多,腾空公路若天河。
浦江上下双穿越,高耸明珠人共歌。

《中华诗词》2006年第3期

银山塔林

满目秋容绿叶稀,银山脚下路岖崎。
塔林似箭朝天射,翁妪相携步缓移。

《中华诗词》2006年第3期

收藏之歌

华夏悠悠宝物多,全凭慧眼善搜罗。
得来珍品心狂喜,一路收藏一路歌。

《中华诗词》2006年第3期

参观阳江大明奇石馆

琳琅险峻见千山，贵在藏珍咫尺间。
莫笑老夫年已迈，石奇韵美利休闲。

《中华诗词》2006年第3期

咏阳江荔枝基地

红荔层层压翠枝，云山树海富民基。
果实甜美人同享，不复杨妃啖荔时。

《中华诗词》2006年第3期

滨州诗会偶成

重振诗词业，端宜绝句多。
何如须捻断，兼善苦吟哦。

《中华诗词》2006年第3期

滨州曲

黄河桥侧见滨城,高筑论坛映日红。
呼唤诗林多秀木,吟声起处沐春风。

《中华诗词》2006年第3期

咏青藏铁路三首

世界屋脊飞铁龙,人间天路世称雄。
从来人定胜天律,尽在求新苦战中。

万能科技解千愁,唐古拉山低了头。
长城天路相辉映,建筑奇迹万古留。

万里悠悠两日程,观光致富喜双赢。
文成公主泉台赞,商旅狂欢备远行。

《中华诗词》2006年第8期

端午节观常德柳叶湖龙舟赛

柳叶风来缓缓吹，龙舟竞渡显雄威。

屈原魂系龙舟里，歌满湖滨鼓若雷。

《中华诗词》2006年第10期

重游金鞭溪

金鞭斜雨觅游踪，惟见溪流似旧容。

云绕群峰皆入画，人猴相戏乐衰翁。

《中华诗词》2006年第10期

龙口截流

巨龙暴怒吼声频，浊浪排空力万钧。

一自缚龙人战后，江流横断静如晨。

《中华诗词》2006年第10期

大坝建成

铁臂挥时万物乖,全凭人意巧安排。
巍巍大坝驯江水,发电防洪航运开。

《中华诗词》2006年第10期

江轮过闸

渝汉江轮互往来,闸门缓入暂停开。
关闸提水复行进,笑语笛声满江隈。

《中华诗词》2006年第10期

延庆杏花节

延庆春来晚,杏花今始发。
看花人络绎,淡季已繁华。

《中华诗词》2006年第10期

游趵突泉公园

丝丝垂柳钓流泉,趵突扬波鱼戏欢。
泉水清幽泉下静,易安含笑自长眠。

《中华诗词》2006年第10期

遵义颂

伟哉遵义战旗红,砥柱中流得俊雄。
从此征程凭北斗,赢来华夏换新容。

《中华诗词》2006年第10期

首届海峡诗词笔会祝辞

胞裔凝成中国心,骚坛吟者尽知音。
采风遥祝诗千首,妆点和谐两岸春。

《中华诗词》2007年第2期

七十一岁生日感赋

征途苦乐忆多多，今夕生辰伴凯歌。

两会招来天下客，腾飞胜景荡心波。

《中华诗词》2007年第6期

八十五岁生日偶吟

今朝国富世称豪，民主协商新论高。

图报知恩忙奉献，晚晴犹自乐陶陶。

《中华诗词》2007年第6期

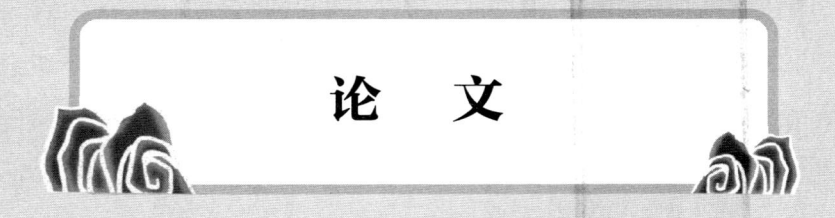

论 文

|中兴诗国赖群贤|

诗词必须跟时代同步前进

今年端午节，是中华诗词学会成立四周年。利用这个节日，我们在搞两项活动：一是委托桂林诗词学会举行第四届当代诗词研讨会，主题是研究中华诗词的时代精神问题，我会副会长杨植霖、张报、强晓初等去参加了。一是我们今天在北京举行的这个座谈会，主题和桂林的研讨会差不多，想着重听听各位诗人、学者对当代诗词如何发展的意见。我们举行这些活动，不仅是为了纪念伟大诗人屈原，纪念中华诗词学会成立四周年，更重要的，是为了适应诗词事业发展的需要。

现在，全国诗词学会会员已发展到近3000人，各地诗词团体纷纷建立，诗词报刊如雨后春笋，诗词创作日趋活跃。与此同时，中华诗词学会的归属问题已获解决，即被批准作为中国作家协会领导下的一个团体。在中国作协的领导和支持下，《中华诗词》会刊将有可能被批准正式出版发行，中华诗词基金会也将有可能被批准成立，为繁荣诗词事业创造必要的经济条件。面对这种中华诗词日趋繁荣的新局面，关于诗词创作的时代精神问题，质量问题，改革问题，也就很自然地被提到我们的议事日程上来了。

这里，我想就诗词与时代的关系问题多说几句。

我的基本看法是：诗词必须跟时代同步前进。

诗言志。从某种意义上说，诗词是一种载体，绝不是超越时空的抽象艺术。它必须反映时代的思想，体现时代的感情，采用时代的语言，符合时代的韵律，做到内容与形式相统一。换句话说，一篇好的诗作，必须是内容与形式完美的结晶体。

也只有如此，诗词才能适应时代的需要，才能受到社会的重视，才能享有广大的读者。

近百年来，传统诗词曾受到了新文化运动的冲击和考验。我认为，就其实质来说，这是时代的冲击，时代的考验。在这种冲击和考验面前，我们应当从两方面进行反思：即一方面，要看到传统诗词是有强大生命力的，我们必须十分珍视和认真继承这份文化遗产；另一方面，我们又要看到，传统诗词尚有落后于时代的某些弱点，即遭受冲击的不可避免性。我们只有经这两方面进行反思，才更有利于认清本质，接受教训，进行改革，也更有利于新旧体诗各自的健康发展和相互学习与合作。

不错，鲁迅、毛泽东、陈毅、郭沫若、茅盾等现当代许多著名思想家、革命家运用传统诗词形式为抒发革命豪情，鼓舞革命斗争，作出了光辉榜样。同时我们也不要忘记，他们同时也是传统诗词的改革家，是他们经过努力，给传统诗词的固有形式注入了我们时代的新内容，才取得如此高的艺术成就的。

由此可见，传统诗词应当能够而且必须跟时代同步前进。我们反对蔑视传统诗词的民族虚无主义化方向，也反对抱残守缺的保守主义化方向。

我们所处的时代，是历史上从未有过的、崭新的、社会主义的伟大时代。在这个新的时代，阶级压迫阶级剥削已经消灭，人民已成为生活的主人，社会贫困和落后现象正日益缩小，人们的精神境界和文化教养在逐步提高。传统诗词只有同这些新的时代特点相合，才能完成自己的历史使命，才能增强自己的生命力，才能走向广大人民群众，并为他们喜闻乐见。

因此，社会主义时代，将是中华诗词大改革的时代，也将是中华诗词大繁荣的时代。

我希望，一切忠于推进中华诗词事业的人们，要努力为改革中华诗词、繁荣中华诗词，作出贡献。

《中华诗词学会通讯》1991年总14期

在广东中华诗词学会三周年《当代诗词》十周年纪念大会上的讲话

中华诗词学会副会长毕朔望同志跟我和王澍同志应邀前来，参加你们的周年纪念活动，由衷地感到高兴！我谨代表中华诗词学会，向广东中华诗词学会成立三周年，向《当代诗词》创刊十周年，表示热烈的祝贺！

中华诗词，源远流长，光辉灿烂，是祖国优秀传统文化极其重要的组成部分。它同人民的哀乐、国家的兴衰，如表里，共进退，相始终，这是中华民族几千年来历史所充分证明了的。世界上惯称中国是"诗的国度"，绝非偶然。我们中国人对此应感到骄傲。但时代在前进，历史在发展。传统诗词近百年来受到了新文化运动的冲击和考验。就其实质来说，这是时代的冲击，时代的考验。在这种冲击和考验面前，我们一方面看到了传统诗词是具有强大生命力的，我们必须十分珍视和认真继承这份文化遗产；我们另一方面看到了传统诗词必须跟时代同步前进，去改革自身一切同时代精神不相适应的东西。

现在，在中国共产党的十一届三中全会正确路线的指引下，中华诗词重新走上了振兴的道路。弘扬诗词优良传统，积极酝酿诗词改革，已经成为我们时代的一项重大课题。尤其近几年来，诗词社团纷纷建立，诗词报刊如雨后春笋，诗词活动日趋活跃，都预示着我国繁荣诗词创作，恢复"诗国"荣誉的新局面必将到来。

《当代诗词》是我国传统诗词振兴中一份创立较早的诗刊，也是我国众多诗刊中办得有质量、有特色、有影响的一种。十年来，《当代诗词》在当代著名诗人李汝伦同志的主持下，在有关诗词组织和诗人词家的共同努力下，继承和弘扬了古典诗词的优良传统，同时又力求注入我们时代的精神和特点，在如何达到内容与形式的统一、思想性与艺术性的统一等根本问题上取得了不少成绩和经验。《当代诗词》为联系海内外诗人词家，振兴诗词事业，促进社会主义精神文明，作出了可贵的贡献。《当代诗词》办刊经验中的六字诀——"法眼、公心、铁面"，是提高编辑质量的重要保证，值得各兄弟报刊学习。

广东诗词学会，是全国最活跃的诗词组织之一。学会成立三年来，在建立队伍、学术研究、促进创作，编辑出版、友好交往等方面做了大量工作，取得了显著成绩，其经验很值得中华诗词学会学习。

诗词报刊是学会诗词创作的园地，推进诗词改革的经验，联系广大诗友的纽带，办好诗报诗刊是振兴中华诗词不可或缺的重要条件。许多诗词团体一经成立便积极筹备出版报刊，这是一种合乎逻辑的现象。不过，报刊不办则已，要办就要力求办好。我曾在几家报纸工作过，深知报刊的作用，也深知办好报刊之艰辛。一定要有称职的编者记者。必得坚持"二为""双百"方针和办刊宗旨，创出自己的独特风格。要重质量，敢取舍，莫庸俗。有关诗词团体要高度爱护自己的报刊，在思想上和物质上给以必要的指导和支持。

利用这个机会，我还就我们诗词团体的工作和诗报诗刊工作提点建议和希望。

一、在诗词创作中，力求把思想性与艺术性统一起来。诗言志。诗词创作必须首先做到有思想，有感情，情调健康，能给人以有益的启迪。同时，诗词毕竟是艺术品，不同于政治说教，更不是标语口号，因此一定要谋求艺术效果，给人以美的享受。

二、无论诗作诗论，要注意把对传统的合理继承同勇于创新统一起来。我们反对藐视传统的民族虚无主义，也反对墨守成规、不求进取的保守主义。要引导广大诗词爱好者首先着重在传统的继承，在熟悉传统的基础上推陈出新。正如元代书法家赵子昂所谓要"善入善出，入以继承传统，出以自成面目。"必须看到，传统诗词的改革任务是很重的。从内容到形式，包括思想、感情、语言、声韵，都必须适应我们时代的需要。为了适应时代的需要，我们必须在继承的同时注意改革。不改革，中华诗词便没有时代精神，便无由振兴，其仅有的生命力也会渐趋枯竭。然而，要改革，又必须避免重复历史的教训。所以必须把继承与创新统一起来。

三、还必须把繁荣创作与发展批评统一起来。要在宪法范围内实行创作自由原则，给诗人词家以广阔的创作天地，并努力给各种题材各种风格的作品提供发表的机会。另一方面，要做好诗词评论工作。既要注意刊登古典诗词的赏析文字，更要注重当代诗词的评介和鉴赏。禁绝无原则的吹捧文字。评论既要尖锐泼辣，又要实事求是。要把诗词评论变成促进诗词事业的强大动力。

为了繁荣诗词事业，我们还必须努力提高中华诗词的社会地位和作用。在目前条件下，这首先决定于我们诗词工作者自身的努力程度。自然，诗词报刊要承担较多的宣传任务。同时，我们还要放眼于社会，善于动员和组织社会上的各种报刊同我们一道做这项工作。

中华诗词学会正在积极筹备出版公开发行的定期会刊《中华诗词》。决定一年四期，海内外发行。正在办理期刊号。申请期刊号一大前提，是诗词学会必须有中央部级以上的主管单位。我此刻怀着兴奋的心情报告一个好消息：现在，中华诗词学会已获准归属于中国作家协会。

这是我们多年来的共同愿望。这个体制的确定，有利于提高中华诗词学会的社会地位，有利于促进诗词事业的发展和繁荣，而首先为争取正式出版《中华诗词》会刊，建立诗词基金会等带来了新的希望。

《当代诗词》和广东诗词学会的周年纪念活动，给我们筹备《中华诗词》的出版，给改进中华诗词学会的工作，提供了一个很好的学习机会。希望各位对创办《中华诗词》，改进中华诗词学会工作多提宝贵意见。我们相信，《当代诗词》会越办越好，广东诗词学会取得更大成就。

我们同样相信，在各级党政领导的关怀和支持下，经过持久不懈地努力工作，在我国社会主义的新条件下，我们一定能够把一个振兴繁荣中华诗词的新局面开创出来。这是历史赋予我们的责任。我们一定要把这样的责任担负起来。

《中华诗词学会通讯》1991年总14期

在第五届全国当代诗词研讨会上的讲话

我与高勇同志有幸来衡阳出席全国第五届当代诗词研讨会，由衷地感到高兴！

谨代表中华诗词学会和周谷城会长，向各位诗人词家、各位朋友、各位同志表示热烈的欢迎，并请你们向海内外诗词界朋友转达中华诗词学会的问候。衡阳市诗词学会受中华诗词学会的委托，主办这一届研讨会，认真负责地做了大量工作，并且得到了衡阳市党政领导和各有关单位的大力帮助，得到了各地诗词社团的响应和支持，这是本届研讨会得以顺利举行的重要条件，请允许我在此一并表示衷心的感谢！

现在，我怀着悲痛的心情向大家报告，中华诗词学会常务副会长杨植霖同志在兰州参加丝绸之路节期间，心脏病突发，医治无效，于9月10日不幸逝世。杨植霖同志是久经考验的无产阶级革命家，是享有盛誉的诗人，为振兴和发展中华诗词事业不懈努力，作出了自己的贡献，赢得了广大诗人词家的尊敬。

我提议，全体起立，为杨植霖同志的逝世表示哀悼。

从1987年开始，全国当代诗词研讨会已经连续举行到第五届，每一届都有海内外众多的诗人词家和学者出席，发表了许多高质量的学术论文，对繁荣、提高当代诗词的创作和研究起到了很好的促进和指导作用。实践说明，研讨会也是海内外诗词组织、诗词家联络感情，增进团结，交流经验，沟通情况的形式，应该越办越好。

在这里，我向大家简要介绍一下中华诗词学会工作的近况。一年来，我们的各项工作取得了一些新的进展。第一，中华诗词学会解决了挂靠的组织关系问题。经中共中央宣传部批准，我们已经于去年12月按照《社会团体登记管理条例》的规定，在民政部重新办理了全国学术性社会团体登记证，学会隶属于中国作家协会。学会保留了原有的所有部门，又新增设了诗词吟唱委员会和诗书画委员会，扩大了工作领域。第二，积极筹备成立中华诗词基金会。这项工作得到了有关领导的关怀和海内外有识之士的支持。特别是全国人大常委、澳门总商会会长、诗人马万祺先生率先解囊，提供了基金会的第一笔基金，并欣然受聘为基金会名誉会长。希望在座的诸位朋友也能给以关心和支持，共同建好基金会，使诗词事业的发展能有一个必要的经济条件。第三，出版《中华诗词》季刊的准备工作已基本完成，正办理申请刊号手续。由于中央有关部门对刊号的审批掌握较严，今年恐怕难以批下。我们将继续努力，争取明年能够解决。第四，首届中华诗词大赛正在顺利进行。这次大赛是诗词界的一件大事，举世瞩目，意义深远。大赛自6月29日开赛以来，共收到海内外来稿2.1万余件，约10万首诗词。参赛作者既有十几岁的少年，也有九十多岁的老人；既有普通工人、农民、战士，又有知名专家、学者和省部级的领导；不少港澳台同胞和海外侨胞也寄来了参赛作品。参赛者遍及国内31个省、市、自治区和海外14个国家和地区。从目前正在北京进行的初评情况看，已经选出了很多声情并茂、符合格律的佳作，涌现了一批有才华的作者。大赛结束后，我们还将结集出版大赛的优秀诗作。相信这次大赛会为扩大诗词影响，繁荣诗词创作作出有益的贡献，也会为今后的诗词研讨提供丰富的内容。

振兴中华诗词，发展诗词事业，说到底，就是要培养我们时代的诗词作者队伍，创作出无愧于伟大时代的高水平作品。中华民族的诗词名作为什么能够脍炙人口、千古流传？就是因为它们深刻反映了当时的社会生活风貌，生动地表达了诗人的情感，充分发挥了诗词形式美、音韵美的优点。"五四"新文化运动以来，与新诗蓬勃发展的同时，传统诗词仍然表现了强大的生命力。中华诗词学会成立后的短短几年内，诗词事业的发展令人振奋。振兴诗词，发展诗词，是时代的需要，是现代化建设的需要。为了适应这一需要，我们必须处理好继承与革新的关系。振兴和发展诗词，既不能否定传统，也不能墨守成规。

我们一方面要努力继承传统诗词中一切积极的优秀的东西，使之发扬光大，一方面要勇于创新，对不适应时代要求的过时的东西加以改革和摒弃。当代诗词，应该具有时代的思想、时代的情感、时代的语言、时代的韵律。

五四时期，新文化运动严重冲击了数千年来的传统诗词，改变了中国诗歌运动的进程。新文化运动对传统诗词的冲击有其积极的一面，也有其消极的一面，需要我们认真地加以总结。正确认识和对待五四时期这方面的经验教训，以增加自觉性，减少盲目性，对于改革和振兴传统诗词，提高传统诗词的地位和作用，对于新诗运动的发展，都具有十分重要的意义。我建议我们的诗人词家，都来关心和研究这个问题，而且要把这个问题提到今后诗词研讨会的重要议程上来。

本届诗词研讨会是在全国进一步改革开放的大潮中召开的。即将召开的中共十四大，必将揭开加速我国经济建设新的一页。国家的富强，民族的兴盛，为我们振兴中华诗词，发展诗词事业创造了良好的大环境。我们全国上千个诗词组织，海内外广大诗人词家，一定能够完成历史的使命，攀登当代诗词的高峰。

《中华诗词学会通讯》1992年总17期

| 中兴诗国赖群贤 |

传统诗词与时代精神

我认为，有无时代精神是传统诗词能不能振兴的关键。诗言志，诗词不是无病呻吟的东西。诗，应当是时代性、思想性与艺术性的结晶体，它应当而且必须与时代同步发展。中国的一部诗词发展史，从诗经、楚辞、汉赋到唐诗、宋词，大都具有时代的特点。

诗词发展到今天，就更有必要强调它的时代性。为什么呢？因为我们今天是生活在一个伟大的社会主义时代，这个时代是一个理想最崇高、建设最宏伟的时代，广大人民群众已经成为这个时代的主人。

所以，传统诗词在今天面临一个新的改革的任务，它必须具有时代的题材，时代的思想，时代的感情，时代的语言，时代的韵律。诗词与其他文艺形式一样，它是属于上层建筑范畴的，属于意识形态领域的。社会主义时代的上层建筑、意识形态，必须为社会主义的经济基础服务。这也就是毛泽东说的"二为"方向。如果当代诗词缺乏时代精神，我们的诗词事业就不可能振兴，不可能取得优异的成果，不可能引起社会重视，不可能得到千百万人民群众的喜爱和支持。所以，是否具有时代精神，这是关系到诗词事业成败的关键问题。

在这个问题上，我认为，回顾总结一下五四以来诗歌运动的经验教训，是很有必要的。

我们知道，五四运动是中国近代史上一次伟大的运动。它是伟大的政治运动，又是伟大的新文化运动，在这次运动中，传统诗词受到了严重的冲击。

在五四运动期间，旧文学，包括传统诗词，被宣布为"半死的文学"和"半死的诗词"，五四前后，许多新文化运动的先驱，包括黄遵宪、胡适、陈独秀等人，对旧文学，对旧诗词，批判是很尖锐的。诗界革命先驱黄遵宪曾经作过这样的论断："中国诗到元明清三代，模仿之习逐渐加深"，到清末，"国诗已无坦荡的道路，有的不是芜词滥调，便是佶屈聱牙"。他又说，"今之世异于古，今之人亦何必与古人同。"因此，他提出了"我手写我口"的著名主张。

胡适的新文学主张是：一，不用典；二，不用陈套语；三，不讲对仗；四，不避俗字俗语；五，须讲求文法；六，不作无病之呻吟；七，不摹仿古人；八，须言之有物。据此，后又改成四条：一，要有话说方才说话；二，有什么话，说什么话；三，要说自己的话，别说别人的话；四，是什么时代的人，说什么时代的话。陈独秀则提出：要推倒贵族文学，建设国民文学；推倒古典文学，建设现实文学；推倒山林文学，建设社会文学。

五四新文化运动指出：文字的功用在于达意，而达意的范围以能达到最大多数人为最成功。它揭露批判旧文学中讲求骈偶、用典、烂调套语、慕仿古人等种种弊病，提倡用白话来做一切文学的工具。新文化运动在提倡白话文的同时，也提倡用白话写诗。

我们从以上叙述中不难看出：五四新文化运动的大方向是正确的，其成就也是彪炳千秋的。如果不把语言文字从陈腐的旧文化桎梏中解放出来，那就不会有近现代史上蓬蓬勃勃的革命运动，不会有今天同社会主义经济相适应的新文化。

五四新文化运动对传统诗词的冲击，也首先应该肯定是有道理有必要的，在颇大程度上可以说，它是在向传统诗词提出了严肃的改革任务，说明传统诗词如果不加以改革和发展，就不能适应时代的需要，所以从形式到内容都需要改革。我们是马克思主义者，我们要用马克思主义实事求是的观点看待这个问题。我们应该清醒地看到，传统诗词在五四当时被指出的弊病，在今天还依然存在，继续阻碍着传统诗词自身的振兴和发展。所以，直到今天，当我们从事振兴诗词事业的时候，我们应当继承和发扬五四时期革命先驱们的革命精神，认真进行诗词改革。这是事情的一方面。

另一方面，五四新文化运动对传统诗词的冲击过了头，有重大偏差。这就是，它在指出传统诗词种种弊病的同时，缺乏科学分析，采取了否定一切的态度，陷入了形而上学和民族虚无主义。先驱者们没有在继承发扬传统诗词优良传统的基础上着手改革传统诗词，使之适应新时代的需要，而是把传统诗词一脚踢开，"另起炉灶"，靠借鉴外国诗歌传统来寻求白话诗的发展道路，并且宣布白话诗为"正宗"，对传统诗词采取了排斥和歧视态度。

现在，我们回过头来想一想，不难看出五四新文化运动的偏差所造成的消极影响是多么严重。从五四运动到现在，将近一个世纪，这么长的时间，传统诗词基本上处于一种停滞状况；另一方面，由于割断了历史，没有很好地从丰富的传统诗词中吸取营养，也给白话诗的发展带来了许多不利因素，遭遇了许多困难。所以我想，如果五四当时对传统诗词不采取那种形而上学和虚无主义的态度，而是采取实事求是的态度，一方面指出它的不足，另一方面认真在传统诗词的基础上进行改革，那么，我们中国今天诗歌运动的状况肯定要繁荣得多，有生气得多。这一教训是很深刻的。

现在，我们正努力提高传统诗词的地位和作用。但是所有从事诗词事业的同志都感到很吃力，一无经费，二无编制，三不受重视。什么原因呢？归根结底，一方面，我们对传统诗词未能及时进行改革，而另一方面，是由于五四运动期间的消极影响尚未得到消除。

综观历史上一些大的革命运动，当它出了偏差的时候，都需要正本清源，拨乱反正，克服其消极影响，发扬其积极因素。

比如反"右派"、反"右倾"、"文化大革命"，后来都做了大量纠偏工作。五四新文化运动对于传统诗词的偏差有没有加以纠正呢？据我看，没有。这些年来，有的文学家、政治家也曾写过一些旧体诗词，但大多只是出于个人的兴趣爱好，却很少在诗词理论上去作探讨，拨乱反正，或即使有所探讨，也很少摆脱五四时期的消极影响。

我们今天要振兴传统诗词，在全国恢复传统诗词的地位和作用，首先要努力改革传统诗词，同时，又要对五四以来的消极影响加以克服，从思想理论上拨乱反正。因此我主张，我们诗词团体应当拿出必要的时间和精力，认真研究总结一下五四以来诗歌运动的历史经验，并且要有计划地写点理论分析文章，拿到有影响的报刊上去发表，以澄清某些糊涂思想和错误认识。我看这件事情很需要努力去作。只有如此，才有利于传统诗词的改革和振兴，才能在社会上得到更多的支持，总结五四以来诗歌运动的经验教训，我们既要发扬五四时期的革命精神，加速传统诗词的改革进程，又要克服五四新文化运动的偏差所造成的消极影响，发扬传统诗词的优良传统，同时从这两方面进行工作，首先一个问题是题材问题，当代诗词，顾名思义，当然要着重表现当代题材。

社会主义的伟大实践，亿万人民的沸腾生活，应当是传统诗词今天讴歌的主要对象。历史题材也要，以史为鉴可以知兴替，咏史之作是诗词创作永恒的主题，但要古为今用，比重上也要加以注意，这次研讨会上，有几位同志联系到诗词的时代精神，提倡大写工业诗。这有很大的必要性。今天，我们的时代已进入了现代工业为主的建设时代，把工业诗作为一种题材，我看是可以理解的。有的同志对工业诗的提法表示异议，也不是不可以理解，我认为题材问题是个重要问题，古代诗人，也常以不同的题材来区分不同内容的诗，比如边塞诗、闺阁诗、送别诗等，实际上，现在的题材更广泛了，不但可以写工业诗，而且可以写农业诗、商业诗、文化诗、教育诗、军旅诗、新边塞诗……，由于以经济建设为中心和改革开放，还有更广的领域和更多的题材需要进入诗人的眼界，不是一强调工业诗就否定了其他的题材，选取什么创作题材，应当因时而异。

旧时代有些题材，例如闺阁诗等已经不适用于今天，当然也有些年轻的女诗人，因为是女性而喜欢古代的闺阁诗，入的久了，染习太多，也写起类似的闺阁诗的东西，这就不好。同理，我们的一些写山水的诗，也太像古人。山水虽依旧，但人的面貌已有不同，更无须说时代的变化。新的时代也在不断开拓着新的题材。无论什么题材，或美或刺，都必须思想感情健康、向上，能给人以鼓舞和有益的启迪。

再一个问题是诗的语言问题。五四时代在提倡白话文的同时，也提倡用白话写诗。一般说，这是对的。这对传统诗词的改革有重大意义。但是这不应该成为踢开传统诗词，"另起炉灶"的理由。

中国的传统诗词，一向有明白晓畅的优良传统。诗词与文言文不同，它从来同吟唱结缘，诗越是明白晓畅，便愈有吟者，愈有听众。古往今来，许多脍炙人口、流传久远的诗词、名句，大都是以明白晓畅易于普及为特点的。我们应当发扬这样的传统。我们的传统诗词应该力求明白如话，不能让传统诗词始终停留在文言的基础上面，更须坚决反对那些热衷用典、深奥难懂、佶屈聱牙的东西。

我觉得有必要讲清楚另一个问题，即诗是艺术品，诗的语言必须具有艺术的魅力。五四新文化运动主张："有什么话，说什么话，话怎么说，就怎么写。"这对作文来说，是可以的，对作诗来说，则不可以，或不尽可以。口语可以入诗，但在多数情况下不能句句都是口语。诗的语言要比口语精粹得多，凝练得多，形象生动得多。诗的语言必须经过筛选，推敲，锤炼，变成精练、形象、富有表现力的语言。"野火烧不尽，春风吹又生"，这两句诗，很流畅，很通俗，但是又很精练，对仗很工整，它已经不是一般的口语了，而是经过艺术加工了的诗的语言了。所以，诗人，应该是语言的能工巧匠，语言的大师。我们的诗词，不管通俗化到什么程度，都必须首先是诗，具有诗的意境，艺术的魅力，为人民群众所喜闻乐见。

还有一个是韵律问题。一首诗，有节奏，有韵律，音调铿锵，堪可吟唱，才具有音乐美。当然，有韵的不一定是诗，但对传统诗词来说一般都要有韵；无韵不成诗，更谈不上好诗。

随着时代推移，语言变化，诗词发展，诗词创作中用韵标准也多样化了。现在，究竟用什么韵好呢？我想，我们可以采取这样的态度：一，提倡今韵，而不提倡古韵；二，按照"创作自由"原则，尊重个人用韵的自主权，用韵从宽；三，诗词作品如同标明诗体词牌一样，也可以标明何韵。书刊编辑处理来稿时，要尊重本人意愿，不宜用别种韵书修改，评论家也不宜用别种韵书作标准加以指责。

这里，我想就为什么要提倡今韵多说几句。我们知道，古人吟诗，大都用的是古时的今韵，而不是当时的古韵。诗词吟唱只有同当代语音相一致，才能充分体现诗词自身的音乐美，才能为亿万人民所喜爱。今人用今韵，应当是一条定理。要求人们懂得古韵，具有古典诗词鉴赏力，是必要的，但又必须在诗词创作上看重今韵，以充分发挥当代诗词的社会效益。诗词用韵，必须随着语言的发展而变化，不应该一成不变，墨守成规。二十世纪的诗人，如果热衷于引导人们脱离现实生活，违背语言规律，用千年以前的古韵去吟唱当今事物，那不仅荒唐，而且很不明智。当然，诗韵改革，允许有个过程，不宜操之过急。但改革的目的，必须落脚于采用今韵。

有人主张出一部官韵书，统一用韵。中华诗词学会几经研究，觉得事情不那么简单，不宜操之过急。现在，不论用哪一种韵，都不可能达到统一，得有个实践过程。目前，可以允许几种韵同时并存，经过一段时间的比较，再逐步达到统一。现有诗韵出版物，可经过鉴选，确定几种可提倡者，加以推广。韵律问题，是诗词学术上值得研究的重要问题。前天，我与广东诗词学会的杨资元同志达成了一个口头协议，即请他在广州搞点款子，然后邀请若干专家学者开始从事此项研究工作。建议大专院校的有关系科，也重视此项研究工作。

关于诗体。诗体可以不可以发展？从诗词发展史来看，随着时代的发展，各方面条件的变化，不断出现新诗体，是必然的，不可避免的。我们诗词工作者应该有这种精神准备，即在充分运用旧诗体，充分发挥原有诗体的效用的同时，也要准备欢迎新诗体的出现。

还有一个问题，是新诗同旧诗的关系。在这个问题上，中华诗词学会与若干诗人学者交换过意见，认为传统诗词与新诗之间应该相互学习，相互尊重，取长补短，共同提高。我们有一些诗人自己戏称是"两栖"的，既爱新诗，也爱传统诗词，这两方面都有体验，他们也认为传统诗词改革的结果，新诗发展的结果，终归会走到一条路上来，当传统诗词与新诗结合一起走到一条路上来的时候，肯定会产生新的更伟大的成果。至少我们应该具有这种信心。传统诗词与新诗之间应该采取团结的态度，而不应该采取互相排斥的态度。

最后，就这次研讨会谈点感想。我和高勇同志代表中华诗词学会来参加这次研讨会。我们觉得，这次研讨会是开得好的，大家都比较满意。我们这次研讨会，有五十几篇论文，会上宣读论文和发言的有三十多人。这些论文和发言，大都达到了较高的水平，其中，有些是直接论述诗词改革和时代精神的，构成了这次会议的主旋律。其他方面的意见也有独到之处，有些是深刻的诗论。所以这次研讨会，使我们交流了思想，受到了教益。诗词研讨会的组织工作也是好的。总之，这是一次成功的研讨会，比过去几次又有了新的进步。这次研讨会的成功，有赖于衡阳市党政领导的大力支持，有赖于衡阳市诗词学会及有关单位、有关同志事前做了大量的准备工作；同时，我们各位与会者也做了努力。相信这一次研讨会的成果，会在诗词改革的过程当中得到落实。但这次研讨会也有某些不足。比如没有展开充分讨论，以至在某些问题上未能更明确地达成共识。但是，这些不足，是因为受到研讨会现有体制、条件的局限，今后可考虑适当改进。研讨会的题目可出得更集中一点，论文的水平可更高一点，会议时间可安排得充裕一点。研讨会上，不但要组织论文的宣读，也要经过深入研讨，得出必要的结论。研讨会成果最后结集出版，大力发行。每次研讨会都要切切实实地解决一两个有关诗词发展的理论问题。思想是行动的先导。我们要用这样的研讨成果来推进我们的诗词事业。

《中华诗词学会通讯》1992年总17期

| 中兴诗国赖群贤 |

坚持正确方向，发扬优良赛风

　　李杜杯诗词大赛，是继我国首届诗词大赛之后又一次在全国规模上进行并有海外华人参加的诗词大赛。现在，这次大赛已经取得了圆满成功，而且诗词评选经验更成熟更完备了，获奖作品的水平又有了新的提高。李杜杯诗词大赛的圆满成功，是大赛主办单位——广东中华文化促进会、广东炎黄文化研究会、广东中华诗词学会为振兴中华诗词作出的卓越贡献。我在此谨代表中华诗词学会及在座的张报副会长、霍松林副会长，向大会及光荣的大赛获奖者表示热烈祝贺！向为大赛辛勤工作的主办单位的朋友们表示崇高的敬意和亲切的慰问。

　　源远流长的传统诗词，现在正处在振兴时期。我们的目标是，把继承与创新统一起来，让传统诗词贴近时代，贴近生活，贴近大众，成为促进社会主义精神文明的重要力量。

　　有领导有计划地举行诗词大赛，是实现这一目标的一个重要方法。

　　经验证明：诗词大赛是振兴传统诗词的宣言书，是繁荣诗词创作的动员令，是发现诗词新秀的大考场，是汇集优秀诗篇的好方法。

　　读书要有好的学风，工作要有好的作风，诗赛也要有好的赛风。我们已经树立了一些保证大赛顺利进行的优良赛风。例如：确立全心全意振兴诗词事业的崇高宗旨；建立既有水平又有声望的评选班子；坚持时代性、思想性与艺术性相统一的选稿标准；实行法眼、公心、铁面和严格的闭卷评选，并辅之必要的集体评议；以及不收参赛费，评委不参赛和将得奖作品结集出版等。我们要继续发扬这样的赛风。诗赛规模可大可小，参赛人数可多可少，但一定要方向正、赛风好。在一定条件下，我们的诗赛只要方向正、赛风好，经过努力，便可成功。

我们诗赛的名声是好的，它受到了广泛的社会赞誉和支持。我们要十分珍惜这样的社会效果。从今年夏天起，到明年四月间，中华诗词学会和浙江诗词学会、河南诗词学会及温州诗词学会等正在进行"鹿鸣杯"诗词大赛，希望各地诗词团体和广大诗友们给予关注和支持。各种形式的诗赛今后还将更有计划地长期坚持下去。我们要谦虚谨慎，不断总结经验，发扬成绩，克服缺点，力求把诗词大赛搞得越来越好。

现在，党政领导和广大群众愈来愈重视传统诗词的振兴和发展，这对我们诗词工作者是莫大的鼓舞。让我们更紧密地携起手来，为取得诗词事业的更大成就奋力向前。

《中华诗词学会通讯》1995年总22期

| 中兴诗国赖群贤 |

在"回归颂"中华诗词大赛新闻发布会上的讲话

今天,我们在这里举行"回归颂"中华诗词大赛新闻发布会,也就是这场诗赛的开场锣鼓。我们希望它能响彻全国,响彻海内外,让全球华人,尤其诗人词家和诗词爱好者,都来关注、支持和参与这场诗赛,使它达到我们预期的效果。

中国的海疆宝地香港,曾经像一个被劫持的孤儿,一百多年来,受尽了外国殖民者的欺凌和奴役。这是中华民族的奇耻大辱。现在,这个孤儿终于要回归自己祖国——伟大母亲的怀抱了。这是中华人民共和国独立强大的显著标志,是邓小平同志"一国两制"决策的辉煌成就。

诗言志,诗缘情。借此举国欢腾之日,动员千百万诗人词家和诗词爱好者,运用传统诗词形式来热情歌颂香港回归,畅抒爱国情怀,乃是社会主义精神文明建设的应有之义,是亿万中国人民学习和发扬爱国主义精神的绝好时机。

"回归颂"中华诗词大赛从现在起到香港回归前后,约计用10个月的时间。在这期间,我们将以香港回归和爱国主义为主题,向海内外广泛征集诗词作品,并经过评选、发奖、出书、吟唱、录音、出版诗书画集等,来繁荣诗词创作,让香港回归铭刻诗史,让诗赛的获奖作品永留人间！

以爱国主义为主旋律，一向是中华诗词的优良传统。"歌诗合为时而作"也一向广为诗人词家所崇尚。

但是，以如此鲜明的时代精神和爱国旗帜相号召，掀起诗词竞赛，造成诗词创作热潮，这在中国诗歌运动史上是从来没有过的。它是我们无比优越的社会主义制度的产物，是中国诗歌发展史的新纪元。

感谢中华人民共和国文化部和中国作家协会赞同批准这次诗赛。感谢党和国家领导人、社会知名人士和有关部门、团体、报刊支持、参与和共同举办这次诗赛。尤其要感谢新闻界的朋友们。红花得靠绿叶扶。新闻报道是推进诗赛和繁荣诗词创作的重要力量。今天的开场锣鼓将开始中华民族一场情思高雅、声韵俱美的诗歌大联唱。衷心希望朋友们加强新闻报道，为这场诗词大赛谱写出最雄壮最优美的乐章。让我们紧密团结，共襄盛举，圆满地完成预定的任务。

《中华诗词学会通讯》1996年总26期

适应时代，深入生活，走向大众

全国第九届中华诗词研讨会恰恰在中共十四届六中全会之后举行，具有新的重要意义。振兴传统诗词是社会主义精神文明建设的一个组成部分。作为加强精神文明建设纲领性文件的六中全会决议，不仅为传统诗词的发展指明了方向，开拓了前景，也加重了传统诗词的历史责任。我们要把认真学习六中全会文件同诗词研讨结合起来，使研讨会成为贯彻六中全会精神的重要步骤。利用这个机会，我想就传统诗词与我们时代的关系说点意见，并就教于各位同好。

振兴传统诗词，中华诗词学会主张实行"适应时代，深入生活，走向大众"的方针。

我们所处的时代是伟大社会主义时代。消灭阶级和实行生产资料公有制是社会主义制度的最大特征。尽管社会主义现在还处于初级阶段，许多方面有待完善，但其根本性质和总的趋势是确定不移的。在社会主义社会，人民变为主人，劳动创造世界已成为英勇豪迈的事业。改革开放更为社会主义注入了新的活力。这样的时代是历史上从来没有过的，它是由伟大而深刻的社会主义革命造成的崭新的时代。社会存在决定人们的社会意识。新旧时代的区别，决定了人们的社会地位、劳动态度、相互关系，以及世界观、价值观、道德观等，必然产生着和存在着诸多差异。时代变了，人们的思想也得变。我们必须认清和重视社会主义时代的特点，养成鲜明的时代意识，把适应时代特点，发扬时代精神，作为我们振兴传统诗词的重要依据。

　　白居易说过："文章合为时而著，歌诗合为事而作。"这是千古不移的至理名言。悠悠数千年间，中国诗歌的发展历程从来具有与时代同步的特点。伟大诗人屈原，若不是忧国忧民，便不会有《离骚》问世。诗圣杜甫若不是生于战乱，便不会有《三吏》《三别》。当代诗人毛泽东，若不是扭转乾坤的大革命家，便不会创作出《沁园春·雪》等千古绝唱。每个诗人词家，都应当关心时局，关心祖国命运和人民利益，具有强烈的时代感和敏锐的观察力，只有这样，才能创作出无愧于我们时代的优秀作品。

　　当代诗词创作的时代精神，应当从诗词作品的题材、思想、感情、语言、声韵等方面加以体现，社会主义为诗词创作题材开拓了广阔的天地。爱国主义一向是传统诗词的主旋律，今天则可以更高举起这面旗帜。目前正在全国举行的"回归颂"中华诗词大赛，将成为千百万诗人词家和诗词爱好者畅抒爱国情怀，繁荣诗词创作的大好时机。亿万人民建设四化祖国的壮丽事业迫待诗人们去热情讴歌。湖南首倡的工业诗词创作，甘肃大秦水利工程的采风成果，从全国到各地不断兴起的诗词比赛和创作活动，诗词报刊的大量出版，等等，一再展示出社会主义时代诗词创作题材的丰富和充实。

　　社会主义时代，人们诗词创作中的思想感情也发生了重大变化。旧诗词中的"闺怨"已被代之为"半边天"的颂歌。凄怆悲凉的"边塞诗"，已代之为开发"大西北"等的进军号。

　　"誓死保卫祖国""好男儿志在四方"等豪言壮语，代替了"古来征战几人回""西出阳关无故人"之类的感伤情调。这类变化，富有时代特点，是必然的、可贵的，也是必须的。当代诗词，作为社会主义文艺的组成部分，其指导思想是马克思列宁主义。当代诗人词家须更自觉地完成这种思想感情的变化，坚持"二为"方针，通过诗词创作，为促进社会主义精神文明作出应有的贡献。

在中国共产党英明正确的领导下，我们国家的民主法制建设和反腐败斗争，还为诗人们针砭时弊提供了鲜明的是非标准和思想武器。

美和刺，犹如鸟之双翼，车之两轮，是前进中缺一不可的推动力。实事求是的态度是：当歌颂者歌颂之，当批评者批评之，当揭露者揭露之。或美或刺，目的都在维护正义，维护国家和人民的利益，既不要满目漆黑，看不见光明面是我们时代的主流；也不要讳疾忌医，把有益的批评当成"毒草"，我们要加强政治修养和调查研究，学会用正确的立场观点方法去对待两类不同性质矛盾，去处理美和刺的辩证关系，以充分发挥传统诗词的社会功能。

社会主义时代的诗词创作，还必须深入生活。优美的诗词，感人的诗词，情真味厚格高的诗词，无不来源于生活又高于生活。社会主义建设的伟大实践，亿万人民的英勇劳动，丰富多彩的现实生活，是诗词创作取之不尽用之不竭的源泉。毛泽东同志在延安文艺座谈会上讲话的精神，完全适用于指导我们的诗词创作。

一切勇于奉献有所作为的诗人词家，应当到实践中去，到群众中去，到诗词创作的源泉中去。我们时代的诗词作品只有具有了时代精神，又源于生活高于生活，才能走向人民大众，为人民大众所喜爱。传统诗词欲走向人民大众，还有两个重要问题必须解决，即声韵问题和通俗化问题。这实质都涉及语言的使用问题。

关于声韵，我主张提倡今韵，允许古韵，作为过渡阶段，在一定时期内可以多韵并存这个问题，曾有专论，恕不赘述。

关于通俗化，同样须给以充分重视。

传统诗词一向跟吟唱结缘，注意雅俗共赏，追求民间传诵的效果。因此，传统诗词采用的语言跟文言文有所不同，并非都用文言；相反，它具有明白晓畅和走向大众的优良传统。历史上许多著名诗人的优秀诗篇大都具有通俗易懂广为传诵的优点和特点。这方面的例子不胜枚举。我们要继承和发扬这种传统，使得当代诗词更易于走向人民大众。这一点十分重要。它是当代诗词能否振兴、能否繁荣的前提。

古奥艰深、堆砌典故的诗，虽然也能在诗人专集中保存下来，却没有一首能在人民中间流传开去。这类诗只能供专家学者们研究，却不能为群众所欣赏。这一点对任何诗人都毫不例外。这也算是一条历史经验，可是这经验并未被许多聪明的诗人所借鉴。

现在有些人的诗词创作仍以艰深古奥为荣，好像一明白晓畅就有失身份似的。这其实是一种错觉和糊涂观念。须知我们今天作诗，不是为了给古人看的，而是为了给今人看的；不是为了只给自己看的，而是为了给大多数人看的。人民大众是否能懂，是否喜爱，是检验我们的诗词创作水平高低和社会效益好坏的重要尺度。我们要像唐代大诗人白居易那样，虚心学习，务使自己的诗词作品易于为人民大众所接受、所喜爱。在人民群众面前，我们越显得高深莫测，人家便越是疏远我们，不买我们的账。所以，我们在诗词创作中应当树立一种新的风气，即以明白晓畅为荣，以雅俗共赏为荣，以喜闻乐见为荣，以社会传诵为荣。越是诗词大家，越应在诗词创作明白晓畅雅俗共赏方面起表率作用，多作贡献。

我们提倡通俗化，并非只要俗，不要雅，只要普及，不要提高，降低诗词创作的艺术标准。

雅与俗，提高与普及，是矛盾的对立和统一，各有所长，不可或缺，而且各有自己的读者和听众。我们主张雅而不迂，俗而不庸。如能明白晓畅，雅俗共赏，则更是上乘之作，可贵之至，为使当代诗词走向大众，提倡通俗化就成为十分必要的了。

我们的时代，随着经济的发展和教育的普及，人民阅读和鉴赏传统诗词的能力已非旧社会可比。只要我们致力通俗化，力求雅俗共赏，让当代诗词走向人民大众是完全可以做到的。

不难设想，如果我们的传统诗词走向人民大众了，它就真的生了根了，它就具有经久不衰的生命力了。那时，传统诗词将成为人们精神生活的必需品，到处会有传统诗词的朗读和吟唱，并反转来给诗词创作以有力的推动、鼓励和检测。那时，只有那时，传统诗词才称得上是真正的繁荣。

适应时代，深入生活，走向大众，这是我们振兴和繁荣当代诗词的正确方针，在今后一个相当长时期内，无论诗词研讨，还是诗词创作，我们都必须遵循这样的方针。唯有实行这样的方针，我们才能继承中华诗词的优良传统，并使之具有社会主义时代的特点，永远立于不败之地。

世界上万事万物，都各有自己的特点，以区别于其他事物；没有特点，混同于其他事物，便失去自身存在的意义和必要。传统诗词也是这样。传统诗词既要有自己艺术的特点，又要有自己政治的和时代的特点。没有特点，陈腐、平庸、乏味是当代诗词创作的大忌。

有人在高唱"超唐越宋"，其创作却是在仿唐摹宋。这不行。唐诗宋词是中国诗歌运动史上的两个高峰，我们要努力学习、继承它的优秀遗产，但又必须结合我们时代的特点，勇于创新。继承与创新，是事物发展的辩证法，我们要学会把继承与创新结合起来。

由于时代不同，当代与唐宋有许多不可比因素，我不赞成笼统提"超唐越宋"这样的口号。"超唐越宋"，姑且叫它为雄心壮志吧，但实际上却不过是一味照葫芦画瓢，亦步亦趋，墨守成规，无视社会主义时代的特点，放弃创新的使命，是永远不会达到目的的。中国有个大画家，对他的学生说过"学我者生，似我者死"，意即学得来即使似他了，至多只是个某画家第二。当代诗词事业只有从我们时代的客观实际出发，奋力适应和发展时代特点，才有可能创造出中国诗歌发展史的新高峰，并使之与唐宋高峰并立，毫不逊色。

现在，在党的正确路线指引下和各方共同努力下，传统诗词已开始走出低谷，趋向活跃。

但从走出低谷到振兴和繁荣还有一段很长的路程。我们必须再接再厉，奋勇向前。传统诗词的振兴和繁荣，固然有赖于一定的客观环境和条件，但起决定作用的因素，只能是我们广大诗人词家、诗词社团和诗词工作者自身的主观努力。常言说得好，若要人看到，先得站起来。所以，我们必须立雄心，树大志，踏踏实实地工作，力求经过不懈的努力，开创一个具有社会主义特色的当代诗词的新局面。

我们任重而道远。让我们同心同德，携手并肩，为完成这一伟大历史使命努力奋斗。

《中华诗词学会通讯》1997年总27期

在"回归颂"中华诗词大赛揭晓暨中华诗词演唱会新闻发布会上的讲话

"回归颂"中华诗词大赛经海内外四方响应,主协办单位通力合作,再加上各方面的大力支持,现在已进入了收获季节。刚才公布的诗赛获奖作品及即将举行的中华诗词演唱会,就是这个季节的丰硕成果。

中国恢复对香港行使主权,这是党中央和邓小平同志英明决策的辉煌成就,是社会主义中国已经强大起来的显著标志。

诗言志,歌永言。诗词歌赋是中国语言绽开的奇葩。中国素以诗国著称于世。面对香港回归这一举国欢腾的重大事件和盛大节日,中国不能没有诗。而且,香港回归是一部最生动最实际的爱国主义教科书,也是引起诗人词家及诗词爱好者们心潮澎湃、纵情放歌的最好题材。这就是中华诗词学会、中央电视台、人民日报文艺部等二十四个单位联合举办"回归颂"中华诗词大赛、演唱及出版专集等系列活动的出发点,这也就是"回归颂"中华诗词大赛在短短几个月中取得如此丰硕成果的根本原因。

这次诗赛,也像以往几次诗赛一样,我们坚持发扬了优良的赛风。最重要的是,把广泛征集与认真评选相结合,实行科学而严格的诗稿评选制度,遵循"慧眼、公心、铁面"原则,坚持做到优中选优。自然，遗珠和"走眼"的情况难以完全避免。但总的说来，这次诗赛的获奖作品是整个诗赛应征作品中的精华。这些获奖作品是香港回归祖国和爱国主义的颂歌，是记载中华民族兴衰的诗史，是可供鉴赏、研究及流传的可贵资料。

振兴传统诗词，我们一向奉行"适应时代，深入生活，走向大众"的方针。这次诗赛的成功，再次说明了这一方针的正确和必要。这次诗赛的新特点，是完全以爱国主义作主题，而且强调了主旋律中的时代强音——香港回归。

事实说明，这充分调动了诗词创作把握现实题材的自觉性和聪明才智，大大增强了诗词作品的时代精神和艺术感染力。

对以爱国主义为主题的传统诗词中的传世之作和这次诗赛获奖的优秀作品进行谱曲、演唱，是中国文联、全国政协台港澳侨联、中央电视台和大赛组委会共同举办的一台重头戏。

特别是在高占祥同志亲自部署、指导下，在各方面通力合作下，以现代音乐制作手段，通过传统诗词的演唱表现历史的伟大主题，必将成为香港回归声中的一曲强音。

在这里，我要代表大赛组委会，向中国文联、向全国政协台港澳侨联、向中央电视台以及各新闻媒体，表示衷心的感谢！作为大赛的系列活动，我们还将出版专集、举办展览等，希望进一步得到各方面的支持和帮助。

《中华诗词学会通讯》1997年总28期

| 中兴诗国赖群贤 |

开创社会主义诗词的新纪元

社会主义初级阶段有两种含义：第一，就其根本性质讲，社会主义属于共产主义这个范畴，是共产主义的初级阶段；第二，就其发展程度讲，它又是不发达的社会主义，是共产主义初级阶段的初级阶段。在这个阶段，既须坚持社会主义道路，又须致力于克服不发达状态。

这就是中国最大的国情，是我们党制定基本路线和政策的依据。

社会主义时代的诗词应该是个什么样子？

现代诗词同古代诗词有何异同？我们应当不应当在继承传统诗词的基础上发展新时代的诗词？如果应当，又如何做到这一点？如何使诗词创作反映社会主义初级阶段的特点？这都是我们当代诗词家和诗词工作者必须加以弄清的问题。

国有国情，诗有诗情。中国素称诗国。我们欲弄清这些问题，就必须认真研究中国作为诗国的国情。据我看，在社会主义初级阶段，中国作为诗国的国情，可以概括为两大特点。即：

一、诗词是中国最具民族特色的历史文化。它源远流长，遗产丰富，影响深广。这一特点决定了，传统诗词是我们建设具有中国特色社会主义文化的重要资源和基础。二、人民喜爱诗词，社会需要诗词，整个社会主义初级阶段需要诗词作为社会主义精神文明建设的组成部分。这一特点决定了，传统诗词必须经过改革、创新、发展，具有社会主义特色。

我们的任务是，把对传统诗词的继承、改革、创新、发展，贯彻于社会主义初级阶段的全过程。要经过努力，开创社会主义时代诗词新纪元，使之成为促进社会主义精神文明的重要力量。

江泽民同志在报告中说："在社会主义初级阶段，围绕发展社会生产力这个根本任务，要把改革作为推进建设有中国特色社会主义事业各项工作的动力。改革是全面改革，是在坚持社会主义基本制度的前提下，自觉调整生产关系和上层建筑的各个方面和环节，来适应初级阶段生产力发展水平和实现现代化的历史要求。"他又说："建设有中国特色社会主义的文化，就是以马克思主义为指导，以培育有理想、有道德、有文化、有纪律的公民为目标，发展面向现代化、面向世界、面向未来的，民族的科学的大众的社会主义文化。"他又说："有中国特色社会主义的文化，是凝聚和激励全国各族人民的重要力量，是综合国力的重要标志。它渊源于中华民族五千年文明史，又植根于有中国特色社会主义的实践，具有鲜明的时代特点：它反映我国社会主义经济和政治的基本特征，又对经济和政治的发展起巨大促进作用。"

江泽民同志的这三段话，最清楚不过地说明了经济基础与上层建筑的辩证关系，继承传统与改革创新的辩证关系，说明了社会主义文化的光荣使命和全面改革的极端重要性。这无疑是我们从事诗词事业的重要指针。

新的时代，需要新的诗词。清代诗人赵翼说得好："诗文随世运，无日不趋新。"我们必须高度重视传统诗词的优良传统，十分珍惜和充分利用它的每一成就。但是，我们不能躺在传统诗词的优秀篇章上自我陶醉。应该看到，时代已经大大前进了，传统诗词的已有成就已经远远不能满足社会主义时代的需要了。

　　社会主义时代的诗词，应是传统诗词的继承和发展。它有别于其他任何时代的诗词，是既保留和发扬传统诗词的某种形式、某些特点，又具有社会主义时代的新题材、新思想、新感情、新语言、新风格的诗词。当然，我们不能给每首诗词都贴上时代的标签。但就诗词的总体讲，必须适应新的时代，必须具有时代精神，却是毋庸置疑的。

　　继承诗词的优良传统，开创社会主义诗词新纪元，是一项十分艰巨、复杂而长期的工程。

　　它既包括诗词自身的变革，也包括诗词家诗词素养的提高。传统诗词这个"传家宝"，不能一成不变，也不能乱改一通。我们不能做"守财奴"，更不能做"败家子"。诗词不管怎么改革，其基本特点必须保持。正如京戏改革必须姓"京"一样，诗词改革也必须姓"诗"；只是，社会主义时代的诗词，必须是具有社会主义特色的诗词，社会主义时代的诗词，属于社会主义的上层建筑，必须适应并服务于社会主义的经济基础。社会主义初级阶段的性质和特点，决定了当代诗词创作必须坚持社会主义方向和社会主义道路，又必须符合初级阶段的具体情况和现行政策，把两者结合起来；既不能迷失方向，言不及义，也不能"空头政治"，脱离实际。社会主义初级阶段的性质和特点，还决定了诗词创作题材、体裁与风格的多样化，须在继承与创新的结合上下功夫。由此可见，让当代诗词适应社会主义初级阶段的性质和特点，殊非易事，关键在善于学习。我们希望当代诗词家在虚心向诗词优秀传统学习的同时，必须努力学习马克思主义、毛泽东思想、邓小平理论，认真研究社会主义初级阶段的特点和政策，注意运用科学世界观、人生观和价值观去观察问题，从事创作。否则，当代诗词就无法实现社会主义赋予它的光荣使命。

本着十五大精神，从诗国国情出发，我们须要从哪些方面来着力振兴当代诗词事业呢？

我提了以下几个方面，供大家考虑：

第一，要拓宽诗词的创作题材，我们的诗词家，首先要树立以经济建设为中心的思想。到现代化建设的洪流中去，到从事英勇劳动的人民群众中去。要创作出无愧于我们时代风范的社会主义建设的新诗篇。在旧中国，统治者大都骄奢淫逸，劳动被轻视，劳动者被奴役，劳动与建设不可能被作为广泛的创作题材，当时具有先进思想的诗词家，能作出"锄禾日当午，汗滴禾下土。谁知盘中餐，粒粒皆辛苦"的《悯农》诗，能吟出"敢将十指夸针巧，不把双眉斗画长"等千古名句，已属凤毛麟角，难能可贵。今天是人民的时代，大力发展生产力的时代。难道我们不应当以诗词创作的优异成绩去歌颂我们的人民和建设吗？

难道我们不应当把诗词作为武器同一切危害人民破坏建设的现象斗争吗？难道社会主义现代化建设的各条战线不应当优先进入诗人词家的视野中吗？

第二，要提高诗词的思想品格。传统诗词中有许多思想性与艺术性相统一的佳作名句，值得我们继承和发扬。但就思想高度讲，我们今天有充分可能超过我们的古人，我们应当而且能够创作出更高水平的思想性与艺术性相统一的佳作名句，令其在人民群众中广泛传诵，以鼓励和教育人民，养成有理想有道德有文化有纪律的高尚品格。社会主义时代的诗词家，既应做人民的公仆，又应努力成为人类灵魂的工程师。

　　第三，要诗词走向人民大众。旧中国时期，传统诗词传播的圈子往往很小，只有极少数明白晓畅而又为群众喜闻乐见的诗词方能流传于民间。今天人民已回归主人地位，而且随着教育的普及，对诗词的鉴赏能力有所提高。我们没有权利把广大人民群众摈弃于诗词门外。我们要坚持实行普及与提高相结合的方针，让诗词冲出狭小天地，走向人民大众。诗词创作要力求明白晓畅，雅俗共赏。在允许自由用韵的同时，要以现代语音为基础，积极推行诗词声韵改革，为诗词大普及创造条件。凡有推广价值的新韵书，要促其早日出版；必要时，可动员社会力量予以赞助。培养青年诗词爱好者和青年诗人，应给予高度重视。现有诗词队伍中青年所占比例极小，这是诗词发展的一大危机。必须努力改变这种状况。

　　第四，要积极倡导新的诗体。随着语言的变化和社会主义事业的发展，出现新诗体，以满足人民多方面的文化需求，乃客观之必然。要克服保守思想，提倡勇于创新。社会上已开始有新诗体出现，是好事，应给以指导和扶植。路是从没有路的地方走出来的。不要怕跌跤，不要怕讥笑，失败是成功之母。对新体诗创作成果不要横加干涉，可任其流传，由人民群众定弃取。一种新诗体一经成功，广为流传，则对诗词繁荣将是大贡献。格律诗词，是唐代的一大发明。唐诗居于历史的高峰，与近体律绝诗的创造关系极大，诗词格律形式，是适应中国语言特点和语言发展规律的产物。由于它合乎科学，增加了诗词的音乐效果和艺术魅力，因而为人民所喜闻乐见，便于传诵，经久不衰。格律的形式可以变化，但格律的优点应当保持。宋词、元曲的发展已经证明了这一点。当代新诗体的创作，我认为不应忽视这样的规律。

第五，要和谐宽松的诗词环境。我们党在社会主义初级阶段的基本路线和政策，决定了这个时期的政治、经济和文化，必然出现朝气蓬勃的生动局面。为了繁荣诗词创作，当代诗词更应当有一个宽松和谐的环境。我们要遵循民族的科学的大众的文化纲领和双百方针。各种诗体要共存共荣。诗词形式与内容，在有利于社会主义的前提下，实行自由创作原则，提倡主旋律与多样化并举。传统诗词一向有针砭时弊的优良传统，在批评与表扬的关系上，要实行美刺并举，当歌颂者歌颂之，当批判者批判之，当揭露者揭露之，实事求是。诗人之间要相互尊重，相互学习，共同提高，友爱团结。防止和克服"文人相轻""内耗""窝里斗"等不健康风气。

第六，要壮大和提高诗词队伍。现有诗词队伍太小，远不能适应社会主义初级阶段精神文明建设的需要。有人批评当代诗词"盛世新声太小""平庸之作太多"。这种批评，不无道理。我们应在现有条件下努力改进。但应说明，这种"盛世新声太小"和"平庸之作太多"的状况，同诗词队伍现状密切相关。应当肯定，我们诗词队伍中，已经涌现出一批有造诣有成果的优秀诗人，他们的成就和贡献，不应抹杀。也还有更多的诗词家和爱好者在努力学习。但总的看来，现有诗词队伍无论数量和素质都有待提高。一是老龄化严重，战斗第一线很难见到诗人的足迹。一是数量很少，大量劳动现场、建设工地、工厂、农村、商店、学校、机关……都是空白地带，没有人从事诗词创作。今后，我们必须有计划有步骤地壮大诗词队伍，努力提高这支队伍的诗词修养。

总之，我们要求在整个社会主义初级阶段，在把有中国特色社主义伟大事业全面推向二十一世纪的长时期内,当代诗词日益繁荣,日益发挥其重大作用。凡有人群的地方,都应有诗词社团和诗人的足迹。凡集体劳动和文化娱乐的场所,都可以听到当代诗词的吟唱。我们要经过坚持不懈的努力,使具有社会主义特色和浓郁时代气息的当代诗词佳作如林,名句如珠,无论思想性和艺术性都无愧于我们的时代,而且要大大超过我们的古人。我们要在以江泽民同志为核心的中国共产党的领导下,坚定地执行社会主义初级阶段的基本路线和政策,为开创社会主义时代诗词新纪元,同心同德,奋勇向前。

《中华诗词学会通讯》1997年总29期

在"世纪颂"中华诗词大赛开赛会上的讲话

我首先代表"世纪颂"中华诗词大赛组委会,向出席开赛式的各位嘉宾表示热烈欢迎和诚挚谢意!

我同时代表中华诗词学会和《中华诗词》社向各位祝贺新年,祝大家健康愉快,工作顺利,阖家幸福。

1999年是个极不平凡的年份。两个世纪相交和党的跨世纪蓝图将引起人们对历史巨变的回顾和对壮丽未来的憧憬。庆祝中华人民共和国成立五十周年,庆祝澳门回归,将激发人们更高的爱国热情和建设四化的信心和力量。诗言志,歌永言。面对如此激动人心的岁月,广大诗词家和诗词爱好者必然会诗思汹涌,燃烧起高涨的创作热情。因此,我们抓住1999年这一时代特点,在全国范围内,在海内外华侨诗人间,举行"世纪颂"诗词大赛,这无疑符合广大诗人的共同愿望,符合精神文明建设的需要,肯定会出现"振臂一呼,应者云集"的可喜局面。

类似的诗词大赛,近十年来我们已举行过多次。每次诗赛,都取得了成功。1997年举行的"回归颂"诗词大赛,成绩尤为显著。参赛的近三万人,参赛作品达五万首。经过认真评选,我们不但举行了发奖仪式,诗词吟唱晚会,而且出版了获奖作品集,诗书画册,还在深圳游览胜地锦绣中华建立了碑林。实践证明：诗词大赛是繁荣诗词创作的动员令，是诗词作品优胜劣汰的大考场，是诗词振兴取得丰硕成果的秋八月。这样的诗赛，长达数千年的中国诗歌史上从未有过。这是社会主义条件下振兴诗词事业的一种创造，是我们党长期以来形成的群众路线优良作风的生动体现。

多次诗赛的实践，给我们积累了丰富的经验。主要经验是：第一，高举爱国主义和社会主义旗帜，坚持思想性与艺术性相统一，贯彻"适应时代，深入生活，走向大众"的创作方针；第二，有人出人，有钱出钱，有力出力，诗词社团与各有关部门密切合作，共襄盛举；第三，建立有水平有威信的评选班子，采用"慧眼、铁面、公心"原则，严格选稿制度，实行闭卷打分与民主评议、适量微调相结合；第四，养成正派赛风，即：不收参赛费，同向钱看倾向划清界限，保持诗赛的高雅风格；"李下不正冠"，大赛组委会与评委会成员及大赛工作人员概不参赛，并严禁徇私舞弊行为。经验是行动的向导。这些经验，是诗赛取得成功的重要保证。

"世纪颂"诗词大赛中，我们将继续坚持和发扬这样的经验。

1999年的"世纪颂"诗词大赛，还增添了一些新的特点。

一是诗赛的题材广、时限长，给诗词家与诗词爱好者提供了无比广阔的创作天地，这将成为诗词作品数量大增、质量提高的重要条件。

一是北大、清华、华中理工大学等著名学府成为诗赛的主办单位。这是让诗词走向高等学府的重要标志。明年九月间，我们还将在华中理工大学举行第十二届中华诗词研讨会，以让诗词大踏步地走向大学校园为主题。现在诗词队伍中的青年人太少，仅为百分之二三。这是诗词事业后继无人的深刻危机。著名学者杨叔子教授讲得好：一个国家、一个民族，如果没有高科技，一遇外来侵略，会一打便倒；同样，一个国家、一个民族，如果没有高素质，一遇外来侵略，会不打自倒。诗词是提高国民素质的重要手段。加强大学生的诗词，就是向青年普及诗词文化，提高文化素质的重要环节。

这次诗赛中还有一个新的特点，即主办单位中有一个高科技单位——北京正明文化交流中心。这个公司的领导者是一位既热爱诗词事业又有科学头脑和远见卓识的企业家。他和他的公司慷慨地承担了这次诗赛的经济重任。而且，他将利用电脑互联网，即用当今最时兴的第四媒体，将我们诗赛的一切重大活动、重大成果，不失时机地推向全世界。

在这里，我还要特别感谢今天在座的各位领导、诗词名家和新闻界的朋友们。相信你们会给予"世纪颂"诗词大赛以热情关注和支持。

在各位的关注支持下，经过共同努力，我们相信这次诗赛会比以往任何一次搞得更好，相信1999年，中华诗词将以高歌入云的新成就载入史册。

《中华诗词学会通讯》1999年总32期

在全国第十二届中华诗词研讨会上的讲话

首先，我代表中华诗词学会、华中理工大学、北京大学、清华大学、中央电视台等主办单位宣布：全国第十二届中华诗词研讨会现在开幕！并向出席研讨会的各位诗词家、诗词工作者和来自海内外的嘉宾表示热烈欢迎！向完成承办重任的华中理工大学和各位领导、专家、教授和所有工作人员表示由衷的感谢！

我们特别要感谢的，是当代著名学者、教育家杨叔子院士。他的以《让诗词大步走进大学校园》为题的论文，犹如一石激起千层浪，引起了海内外教育界和诗词界的巨大反响。他的这篇文章，高瞻远瞩，思想深邃，既是教育高策，也是诗词精论。在这篇文章中，他关于"没有现代科学，没有先进技术，一个国家、一个民族一打就垮；而没有优秀历史传统，没有民族人文精神，一个国家、一个民族不打自垮"的精辟论断，把诗词教育与素质教育相结合提到了不容忽视的战略高度，从而收到了振聋发聩的显著效果。这次研讨会，就是在这篇文章的启示下，在杨叔子院士的倡议和赞助下，并得到诗词界、教育界、新闻界人士的广泛支持而举办起来的。因此，"让诗词走进大学校园"就成了这次诗词研讨会的主题思想和崇高目的。

中国素称诗国。诗教是中国固有的优良传统。诗教的主要对象是青少年。在今天的社会主义条件下，我们不需要"以诗取士"，但需要"以诗育人"。我们不要求人人都做诗人，却需要有愈来愈多的人能够鉴赏诗词和从事诗词创作。社会主义制度为中华诗词提供了更广阔、更丰富、更深刻的创作题材，我们有理由、有责任让人民群众的文化素质进一步提高，让诗词充分发挥它的教育功能，在我们的时代大放异彩。因此，我们必须继承诗词遗产中的精华，并创作出我们时代的新诗词，以促进社会主义的精神文明建设。首先从大、中、小学校园加强诗教，应当看作是增进国民文化素质的战略措施。

青年是祖国的未来和希望。理所当然，青年也必须是中华诗词的未来和希望。一部中国诗歌的发展史，在某种程度上可以说它首先是中国的青年诗歌史。我曾在一篇文章中列举过古往今来许多著名诗词家从青年时代起即从事诗词创作的事例。富于理想，积极进取，热爱生活，追求真理，是青年的特点。中华诗词的先进思想和艺术魅力，最易为青年所喜爱和接受。历史已经证明并将继续证明：青年是中华诗词的天然爱好者和继往开来的接班人。

深感遗憾的是，目前的中华诗词队伍中青年人太少了。北京的统计是：青年占诗词会员的2.5%；上海的说法是：两个七八十，即百分之七八十的会员是七八十岁的老人。这当然是历史的原因造成的。然而，这种青年人太少的状况远不能适应我们时代的需要，而且有中华诗词再次断层的潜在危机，必须改变。

让诗词迅速走向青年群众，从诗词振兴的全局来看，这是一种具有深远意义的战略性转变。我们必须以清醒的头脑指导这种转变，必须制定明确的方针、政策来适应和推动这种转变。现在，我们已经具有了实行这种转变的基础和条件，这就是：第一，我们已经建立起了一支数量庞大的诗词组织和诗词队伍；第二，我们已经练就了一批具有相当造诣的诗词家和诗词工作者；第三，我们已有了可以覆盖海内外的《中华诗词》和数量众多的诗词报刊；第四，我们不但有传统诗词的丰富遗产和创作经验，也有了近十年来重新振兴中华诗词的经验；第五，更为重要的是五四以来否定传统诗词的消极影响已经开始消除，当代诗词的振兴和发展已经受到了社会的认可和党政领导的日益重视与关注。因此我相信：只要我们高举邓小平理论的伟大旗帜，在各级党委的领导下采取正确方针和步骤，我们一定能够顺利实现上述的战略性转变。

我们必须正确处理普及与提高的辩证关系。对现有诗词家与诗词爱好者，我们应当采取逐步提高的方针。但从全局看，即从广大人民群众尤其是多数青年群众仍居于诗词门外的情况看，我们有必要把诗词的普及提到首位。

我们今后关于诗词发展、诗词教育、诗词报刊及图书出版等一切活动，都必须自觉地贯彻执行普及的方针。要力求在不长的时期内，例如三五年内，至多十年内，让大量的中青年进入诗词家与诗词爱好者队伍，根本改变目前青年人太少的状况。这是我们社会主义时代让诗词创作走向繁荣的基础和前提。

本次诗词研讨会和明年将在深圳举行的"让诗词走进中小学校园"研讨会，是实现诗词普及和预防断层危机的重大步骤。我们一定要把这两次研讨会办好。对于协同举办研讨会的有关单位、有关人士，我们由衷地表示感谢。

从学校教育中加强诗教，是继承和发展诗词事业的重要条件。这早已被我们作为诗国的历史经验所证明。因此可以预料，在各级学校学生中一经加强了诗词教育，肯定会有为数众多的大、中、小学学生成为诗词爱好者。在此基础上继续提高，肯定还会造就出许许多多有所成就的诗人词家，甚至会出现杰出的诗人词家，从而为促进社会主义精神文明作出贡献。

我们还要在广大社会群众和广大青年群众中普及诗词知识，开展诗词活动，发展诗词会员，建立诗词组织。这是一项与加强学校诗教同等重要的工作。

传统诗词与新体诗同居于百花之列，是兄弟姐妹关系，要在促进社会主义精神文明建设中相互尊重，并肩前进。我们要始终坚持这样的立场和态度。

我们还必须清醒地看到，传统诗词一经进入青少年生活领域，势必会形成新体诗与传统诗词相互竞赛的新局面。这种新局面的出现是好事，不是坏事。它有助于相互学习，相互促进。

重要的是，要善于把初学者吸引住。我们要善于让青少年一接触诗词，就能够喜爱上它，并且要愈爱愈深。传统诗词本身有这种艺术魅力。问题是我们要加大改革力度，切实实施"适应时代，深入生活，走向大众"的方针，使当代诗词创作明白晓畅，具有时代精神，适应青少年特点，为他们所喜闻乐见。在多韵并行的同时，以普通话语音为基础的新韵书力求早日出版，广泛发行。

无论在诗词家、诗词爱好者或初学者中，都要提倡认真学习毛泽东诗词。毛泽东诗词是当代诗词的楷模，是中国诗词发展史上当之无愧的新的高峰。毛泽东诗词中的时代精神，思想性与艺术性的统一，语言的精练和明白晓畅，都达到了很高的水平。在广大青年中要提倡学习、欣赏、诵读毛主席诗词。在一切有造诣的诗词家中要提倡认真研讨毛泽东诗词，并担负起对诗词爱好者和初学者进行传授的义务。

所有诗词社团，都要重视青年会员的发展工作。我们要号召老会员在发展新会员和帮助教育新会员中充分发挥积极作用。在青年会员较多的基层单位，可单独建立青年诗社，开展富有青年特点的诗词活动。

这次诗词研讨会，是在世纪之交以加强素质教育为目的、把诗词推向青年的一次具有里程碑意义的重要会议。众多学术论文的交流和研讨，将使我们在有关诗教的许多问题上达成共识。华中理工大学颇有成效的校园诗社、诗刊及其将诗词创作与素质教育相结合的实践经验，将使我们研讨会的主题思想更加充实。为了迎接这次大会，林从龙等同志编选出版的《新时期大学生诗词选》，及时展现了当代大学生的诗词素养和艺术才华，这使得我们的研讨信心倍增。由霍松林主编、青年企业家刘心远先生承办出版的《世纪颂·中华诗词大赛获奖作品集》，是较高水平的当代诗作，而且也有不少青年人的作品，值得一读。研讨会还将经过认真讨论，向社会各界发出《倡议书》，呼吁全社会共同促进各级学校中的诗词教育和素质教育。

我衷心祝愿这次研讨会在大家的共同努力下取得圆满成功！

《中华诗词学会通讯》1999年总34期

在纪念钱昌照老会长诞辰百年座谈会上的讲话

再过几天，也就是11月2日，我们中华诗词学会的老会长钱昌照先生的百年诞辰纪念日就到了。钱老是1988年10月14日病逝的，到今年离开我们已整整十一个年头。在今天为他举行的百年诞辰纪念座谈会上缅怀钱老，我先说几句话。

钱老是一位忠诚的爱国主义者。他早年赴英国留学深造，学成归国，即投身国家建设。其后随北洋政府派出的考察团到英国、美国、日本等国考察，回国后历任当时国民政府秘书、教育部部长、资源委员会委员长等职。抗战时期与翁文灏合作，培养建设人才，兴办工矿企业，支援抗战，成绩卓著。抗战胜利后，与孙越崎共同计划进行资源开发。但因国民党发动内战，致使计划落空。于是钱老辞掉资源委员会委员长职务，去英国、法国、比利时考察。考察期间，得知解放战争节节胜利的消息，决计回国。在中共有关方面的帮助下，于1949年4月回到北平，受到毛泽东同志的接见。当年9月，他作为特邀代表，出席全国政协会议，当选为政协委员。新中国成立后，钱老历任政务院财经委员会委员兼计划局副局长，全国人大代表，法制委员会委员，全国政协常委，第五、六、七届全国政协副主席；第五、六届民革中央副主席。

新中国成立四十年来，钱老怀着强烈的爱国热情，关心国家大事，参加社会实践，深入调查研究，在经济建设方面提出不少有价值的建议，受到人民政府的重视和采纳。特别对开发海南，他亲自勘查，积累了不少资料。钱老对教育也十分关心，多次捐资办学，深得人们赞扬。为巩固和发展爱国统一战线，促进祖国的和平统一，钱老更是殚精竭虑，作出了贡献，直到生命的最后一息。这一切是值得我们深深缅怀的。

钱老为中华诗词事业付出的心血和作出的贡献，更令人难忘。他是我国近代著名爱国诗人龚自珍的外曾孙，自幼即受慈母的启迪和诗教，酷爱传统诗词，政务之暇，吟咏不辍。为了弘扬民族优秀传统文化，振兴中华诗词，促进社会主义精神文明建设和海内外的文化交流，钱昌照老于1987年5月毅然出任中华诗词学会会长。他十分关怀中华诗词的振兴和发展，亲自出席中华诗词学会的成立大会，并在会上作了重要讲话，对学会工作指明了努力的方向。他亲自主持会长办公会议，倡议编辑出版《中华诗韵》《中华诗综》《中华词综》，为普及中华诗词提供基础读物。他对学会工作关怀备至，并尽可能解决学会工作的实际困难。特别是将北兵马司17号私宅，无偿地捐献给中华诗词学会作为永久办公用房，对诗词事业的发展作出了巨大的贡献。其过程也令人感动。即钱老由国管局分得新居后已将北兵马司17号私房交公，为解决学会无地办公的实际困难又将此房从国管局要回，慷慨捐赠给中华诗词学会。1988年1月14日，钱老在东总布胡同55号新居亲自主持会长办公会议，郑重宣布此项捐献。他并十分谦虚地说："小意思嘛，不要宣传。那房子说是14间，实际上很小。国务院管理局要折价，我说不要折，另外有用场，我就给了诗词学会，办办公也好。"当学会秘书长汪普庆代表中华诗词学会宣读了致钱昌照会长的感谢信后，钱老又说："你们太客气了，不要让人们知道，微不足道。"由此足以说明钱老对学会工作的大力支持，同时也充分体现出钱老的磊落情怀和高尚无私的品德。

  钱老去世已经十一个年头，中华诗词学会也已度过了十二个春秋。中华诗词学会继承钱老的遗志，在党中央正确路线的指引下，认真学习邓小平理论，贯彻执行文艺"二为"方向、"双百"方针，为振兴诗词事业做了大量工作，取得了可喜成绩。目前学会会员已发展到近八千人，团体会员已达一百七十个。共召开了十二次诗词研讨会。特别是最近刚刚结束的第十二届诗词研讨会，提出"让中华诗词大步走进大学校园"，深得全国诗词家和诗词爱好者的赞同，为诗词"适应时代、深入生活、走向大众"，开创社会主义时代新纪元提供了有利条件。学会明年还将在深圳召开"让诗词走进中小学校园"为主题的第十三届中华诗词研讨会，后年还将在成都举行"让诗词走进干部队伍"为主题的第十四届中华诗词研讨会。相信这些研讨会将大大推动中华诗词的普及和发展。1992年以来，我们还举行了多次诗词大赛，参赛人员超过10万人。每次诗赛都取得了成功，促进了诗词创作的繁荣和提高。学会会刊《中华诗词》创刊以来，很受欢迎，并不断改进，由季刊改为双月刊，近来又扩展了诗的题材和内容，调整了栏目，刊物质量在不断提高，发行量逐步上升。学会的领导班子和学会办事机构，也都经过了调整和充实，工作效率有所提高。在新旧世纪交替之际，在以江泽民同志为核心的党中央领导下，我们的国家繁荣昌盛，正大步迈向二十一世纪。作为祖国优秀文化传统的中华诗词，也必将获得更大的发展，出现繁荣的新局面。

我同钱昌照老相识于全国政协，曾陪同他会见过港澳记者，阅读过他所赠我的诗集，应约去他家中鉴赏过他所珍藏的书画，以后又参加了他所领导的诗词活动，同学会同志一起继承着他所开创的事业。我对钱老的人品诗品都很敬佩。他的爱国热情，文化素养，谦虚待人，清雅诗风，给我留下了深刻印象，值得我学习、记取、发扬。

　　今天，我们缅怀和纪念钱昌照老会长，要学习他热爱祖国、忠于人民、拥护祖国统一、拥护社会主义的爱国主义精神。我们作为诗词工作者，更要学习他热爱中华诗词，为开创和振兴中华诗词所作的教导及其鞠躬尽瘁、无私奉献的高尚品德。我们要兢兢业业，同心同德，勇于开拓进取，广泛团结各诗词组织，诗人词家和诗词爱好者，把学会的工作做得更好，为普及和提高中华诗词作出新贡献。

《中华诗词学会通讯》1999年总34期

在中华诗词学会会长扩大会议上的讲话

这次中华诗词学会会长扩大会议,是继1997年在广州举行的会长扩大会议之后又一次以解决领导班子问题为首要任务的重要会议。

特别感谢我们的作协领导、名誉会长、顾问和远道而来的外地同志出席这次会议。

这次会议的议题有三:一是由梁东同志汇报民间社团整顿中中华诗词学会的变动情况、人事安排意见及筹备建立基金会问题;一是由周笃文同志汇报学会三年来的工作回顾和今后一个时期的工作展望;一是由杨金亭同志汇报《中华诗词》杂志的工作小结与今后设想。我们希望围绕这三项议题进行讨论,听取各位领导的指示以及所有与会者的批评和建议,以利于更好推进我们的诗词事业。我想先说点意见,请大家批评指正。

民政部对民间社团整顿画了条年龄界线:正副会长与秘书长,超过70岁的都下。作协指导学会,并报经民政部批准,执行了这项规定,只是对我个人来了个破格照顾。我现年78岁,早已是"超期服役",而且水平不高,难负重任,这次原想趁机退下来的,但没有退成,只好遵守组织的决定,继续站最后一班岗了。在此,我再次恳求作协领导、各名誉会长、顾问、各副会长、正副秘书长及广大诗界朋友,在我担任会长期间,继续进行严格的监督和帮助。

健全学会领导班子,是振兴诗词事业的重要条件。广州会议的一大贡献,是为学会领导班子充实了新成员,增进了学会领导的活力和水平。学会工作这几年所以取得了较大成绩,不能不说这是一个重要因素。这次社团整顿,帮助学会较大程度地克服了领导班子的老化状态,我们拥护。但是,我们自身如果处理不当,也会产生某些消极因素,降低学会领导的活力和水平。对此,我们必须慎之又慎。

人的健康和作为,并不完全决定于年龄之高低。以通常认定的老年年龄标准为限,未老先衰者有之,老而不衰者也大有人在。所谓"年轻型老人",在有些国家,据说高达60%~70%。中华诗词学会超过70岁的老会长,大多是学会的缔造者和创办者。他们以满腔热情为振兴诗词作出了贡献,功不可没。我们首先应当向他们表示敬意和感谢。这些老会长中有的已经辞世,我们将永远缅怀他们;有的还健在,我们要约聘他们改任名誉会长或顾问,请他们继续关注、支持诗词事业。超过70岁的副会长中,有些尚属"年轻型老人",对于他们,则不仅改聘为名誉会长或顾问,而且要求他们"虚实并举",一如既往地积极参与、指导诗词事业。为有利于诗词工作,扩大诗词影响,我们还将另外推举一些关心诗词事业而又德高望重的人士作学会的名誉会长和顾问,并任命一些人作会长助理和其他实职人员。对已超过70岁的秘书长们,也将本此精神进行安排。为坚持学会的集体领导制度,对学会会长办公会议成员,也要根据目前的新情况和实际需要作适当调整。

总之,我们要继续保持和提高学会的领导水平。

振兴中华诗词,用"任重道远"这句话来比喻我们今天所承担的任务,我认为比较恰切。

在当代,继承和发展传统诗词,开创社会主义时代诗词新纪元,我们必须完成两个重大转变，即由旧时代向新时代的转变；由少数人向多数人的转变。理由是，现在我们所处的时代是社会主义时代，当代诗词必须适应社会主义建设的需要，具有我们时代的新的特点；社会主义是人民当家做主的时代，而且人民具有了受教育权利，文化程度有所提高，当代诗词必须走向人民大众，为人民大众服务，为人民大众所喜闻乐见。因此，实行这两大转变，既具有巨大的现实意义，又具有深远的历史意义，是必须高度重视的战略性转变。

转变与否，是当代诗词事业成败的关键。具体地说，如果不实行这种转变，让传统诗词永远停留于古代，即如同某些人追求的所谓"原汁原味"，那势必同社会主义时代格格不入，同人民大众格格不入，最终为我们新的时代所淘汰，为人民大众所弃。只有坚决实行这两大转变，既发扬优良传统，又适应新的时代，为人民大众所喜爱，当代诗词才能成为社会主义精神文明的重要载体，才能达到自身的真正繁荣，永远立于不败之地。

然而，实行这两大转变，乃是一种非常艰巨而纷繁的系统工程，须要整个诗词界更新观念，深入生活，精心创作；须要广大诗词家和诗词爱好者从诗词创作的题材、思想、感情、语言、声韵诸方面不断作出新的探索和新的努力。有鉴于此，中华诗词学会必须在党的文艺政策的正确指引下，坚决贯彻执行"适应时代，深入生活，走向大众"的工作方针，同广大诗词界朋友一起，致力促成这种战略性转变。

中华诗词学会的成立，是振兴诗词的进军号。十多年来，经过各方面的共同努力，传统诗词已走上了重新振兴的道路，取得了令人鼓舞的成就。传统诗词过去那种被打倒被歧视被压抑的状况已有所改变。爱好诗词者已愈来愈多，诗词创作队伍在逐步扩大。诗社如林，诗赛迭起，诗刊纷出，诗词活动日益频繁。诗词演唱的轰动效应，党和国家领导人的关注和垂范，更为诗词振兴带来了新的生机。应当说，中华诗词已开始走出了低谷。

  这些进步和成就必须肯定。这是中华诗词学会同各诗词组织、广大诗词界朋友共同努力的结果，是党的文艺路线、改革开放政策和党政领导关怀的具体表现。但是，同时我们还应当看到，这种进步和成就，同上述重大转变的要求还相距甚远，同诗词创作的真正繁荣还相距甚远，须要我们加大诗词改革力度，并长期不懈地努力奋斗。

  诗词创作的真正繁荣，必须以两大转变作基础，作前提。无论从创作全局来看，还是从创作者个人来看，都是如此。

  据我看，当代诗词创作繁荣的标准至少应当有这么几条，即（一）较多作品能适应时代，明白晓畅，达到思想性与艺术性相统一，为人民群众所喜闻乐见；（二）有相当数量的诗词作品被称为千古绝唱，名篇如林，名句如珠，广为流传，脍炙人口；（三）有相当数量的诗词家，既有人品，又有诗品，知名度较高，为众多读者所爱戴、崇敬；（四）有相当数量的诗词报刊、诗词专栏、诗词专著，内容丰富，形式多样，雅俗共赏，拥有广大的读者群；（五）当代诗词由于雅俗并存，雅俗共赏，既可进入知识分子的宁静书斋，又可进入广大群众的文娱场所，到处吟唱。

  有人曾提出，当代诗词要"超唐越宋"。我以为，其不可比成分太大，不适于提这样的口号。但是，只要我们认真实行两大转变，并达到真正繁荣，当代诗词会成为历史新高峰的。

  团结问题，至关重要。开创社会主义时代诗词新纪元这一光荣任务已经历史地落在我们这一代人的身上。我们虽然不是文化先驱，但应做文化中驱，文化后驱，一直推动诗词事业向前发展。我们每一位诗人、词家，每一位诗词工作者，每一位诗词事业的热心支持者，都须要意识到已经落到我们肩头的这种历史责任，并勇敢地把它担负起来。

既然实行两大转变，开创诗词新纪元，任务光荣而艰巨，这就需要我们群策群力，紧密团结，共同奋斗。

人，大都各有长处，但又并不十全十美。而我们的事业又需要依靠若干各有所长而又并不十全十美的人们去完成，这就需要人们相互之间取长补短，优势互补。一个组织，一个团体，一个领导集体，相互之间的关系都须如此。否则，相互瞧不起、离心离德、各行其是，任何事业都无法完成。这就是团结问题的极端重要性。所以，我们常把讲团结和顾大局相提并论。

在我们诗词界，为完成上述使命，也必须增强团结，视团结为大局、为生命，现在，中华诗词学会内部，及其他一些诗词组织内部，还不同程度地存在着亟待解决的不团结现象，值得我们加以重视。

古人中，有所谓"文人相轻"的论断。我认为，这应从两方面理解。即一方面，它有很大片面性。事实上，有史以来，文人相重是一大优良传统。例如李白与杜甫，与孟浩然、王昌龄等，都是卓有成就、声名显赫的大诗人，而他们之间相互尊重友情深厚的事例却十分感人。因为讲友谊、讲尊重、讲团结是一种具有文化修养的表现，所以在多数情况下，并非"文人相轻"，而是"文人相重"。这方面的优良传统值得我们学习和发扬。另一方面，"文人相轻"也在相当程度上揭示了一些文人孤芳自赏、妄自尊大、目空一切的弱点和不足。

这种不利友谊团结的恶劣习性，则应当引发我们的警惕和深省。

既然人都有长处和不足，我赞成古人的名言："举大德，赦小过。"还有些传统美德，诸如"三人行必有我师""善与人同""己所不欲，勿施于人"等，都可作为增进团结的座右铭。

我们是为振兴诗词这一共同事业而走到一起来的同志和朋友。因此，要友好相处，团结合作，相互信任，相互尊重，相互爱护，相互帮助，包括开展同志式的批评和自我批评，随时诚恳地交心谈心，力求亲密无间，团结得像一个人一样。

刘征同志有几句话讲得很好，叫作："讲团结，顾大局，弃前嫌，向前看。"我看，按这样的精神办，许多不团结现象都是可以克服的。

让我们共同铭记：团结就是力量。

《中华诗词学会通讯》2000年第3期

诗词与素质教育

全国第十三届中华诗词研讨会，主题是让诗词走进中小学校园，由中华诗词学会、广东中华诗词学会、中央电视台青年部、深圳诗词学会及深圳市南山区联合主办，并由南山区政府、南山区教育局、南山区诗社及诗词培训中心具体承办。

南山区为研讨会进行了出色的筹备工作。这届研讨会同时受到了全国各级诗词组织、有关部门以及海内外诗人的响应和支持，共收到论文400多篇，与会代表和来宾250多人。

在此，我谨代表中华诗词学会等主办单位，向与会代表和来宾表示热烈欢迎，向关注、支持和筹备本届研讨会的所有单位、朋友表示衷心的感谢。当今的中国社会已进入一个崭新的时代。我国伟大的社会主义建设工程正与全世界以新科技为特征的知识经济同步，它要求自己的建设者必须具有新科技本领和高文化素质。杨叔子院士的论点十分精辟：一个国家、一个民族，如果没有高科技，会一打就倒；而如果没有高素质，会不打自倒。在我国，人们的高素质从哪里来？毫无疑问，重要途径之一，就是继承中华民族优良文化传统，在广大人民中，首先是少年儿童和青年中普遍推行诗词教育。

这届研讨会是在武汉举行的第十二届研讨会的继续和发展。第十二届研讨会，主题是让诗词走进大学校园，由中华诗词学会、华中理工大学、北京大学、清华大学、中央电视台共同主办。大家知道，这届研讨会开得很好，受到了中国作协和教育部的赞同和支持，并开始在促进大学诗词教育和人文素质方面收到良好效果。

在中小学中加强诗教，以增进青少年和儿童的文化素质，则显得更加重要。所以，让诗词走进中小学校园就成了这届研讨会的主题。我们相信，在中小学进一步加强诗教同样会取得良好的效果。

中国素称诗国，看重诗教。刚懂事的孩子便被教唱诗歌。各级学校大都设有诗词课程。封建社会为评选官吏设置的科举制度，在长达千余年的唐宋两朝都以诗赋取士。爱好和崇尚诗词是一种长期存在的社会风气。

许多有成就的诗人词家，还在青少年时期便已成名。

中国历史上之所以看重诗教，因为诗词与人文素质，与社会教育制度，有着密切关系，根本说来，这是诗词本身的性质、特点和教育功能所决定的。

中华诗词，是我中华民族在长期生活斗争中创造的最富民族特色的艺术形式。它是优美独特的中国语言文字按其规律不断概括、沿革的产物。言志缘情是它的最大特点。

中华诗词语言精练，声韵优美，上口好记，饱含诗情画意和哲理特质，具有其他文学形式不能替代的社会功能和艺术魅力，并与其他艺术形式，诸如小说、戏剧、曲艺、书法、绘画、雕塑、舞蹈等结成不解之缘，相得益彰。因此中华诗词深为人们所喜爱；一些优秀诗篇和诗词名句往往在人民中传诵不已，经久不衰，也由此推动着诗词创作的不断发展和繁荣。

三千多年来，诗人辈出，诗作如林，佳句如珠。

中国的一部文学史，在很大程度上是诗史，而诗史又同时不同程度地反映了我们中华民族的思想史、政治史和文化史。

今天，我们所处的是社会主义时代，不消说，我们不需要以诗取士，我说过，我们却需要以诗育人。

有人对诗词的教育功能表示异议。他们以为，既然诗词的特质是言志缘情，就不应把教育作为诗词创作的目的。但是应当承认，也同其他艺术品种一样，诗词作品毕竟是让人看的。而凡属诗词佳作，往往无不超出个人喜怒哀乐的狭小范围，产生广泛的社会影响；若是脍炙人口的千古绝唱，其影响之大就更不可限量。所以，诗词的教育功能是一种客观存在，不以个人意志为转移的。诗词的教育功能还表现为，它注重形象、意境、含蓄，不仅能以理服人，更重要的是以情感人，以其艺术感染力使人们从阅读、吟诵、鉴赏中收到震撼心灵、陶冶情操的效果。

儿童、少年、青年，正处在发育成长时期。

我们的任务是，促进他们健康成长，作合格的社会主义建设者。在校期间的素质教育，我认为首先应做到使他们知爱国，辨是非，能思想，会做人。中华诗词一向以爱国主义民本主义为主旋律，是增进国民文化素质的百科全书。当代诗词正在继承传统的基础上改革创新，实行由旧时代向新时代的转变，开创社会主义时代新纪元。当代诗词对提高人们的文化素质具有更直接更广泛更显著的效果。

因此，我们的诗教只要坚持正确方针和方法，肯定会大大有助于达到上述培养目标。我们对诗词的教育功能切不要低估。

青少年的特点是：心地纯洁，富于理想，热情澎湃，最易于接受和喜爱诗词艺术。人的文化素质的形成有个学习、锻炼、积累的过程。诗词犹如润物细无声的春雨，可以令少年儿童和青年欣然接受它的滋养、感染和熏陶，收到潜移默化的教育效果。所以，一些富有哲理、感人至深的名篇名句，甚至可以让他们铭记于心、终身受益。近现代史上，许多青年在进步诗词的启迪和鼓舞下走向革命、舍己为人、奋斗不息、视死如归的动人事迹，不胜枚举。对于今天的学校教育来说，我们有充分理由认为，加强诗教首先是应试教育向素质教育转轨的一项重大举措，是须要长期坚持不懈的重要方针。

我国的中小学校，一向设有诗词课程，新中国成立后，政府教育部门继续给予重视，许多教师为诗教花费了心血，成绩应当肯定。我们所以提出让诗词走进中小学校，目的只在希望继续改进，有所加强。

对于如何改进加强中小学的诗教工作，研讨会的论文中提出了许多很好的意见。这里，我再补充几点，与大家商榷。

第一，从培养学生的文化素质出发，诗词内容要有所选择，去其糟粕，取其精华。在选学古典优秀诗词的同时，要精选当代诗词作品，这一点不宜忽视。

第二，继续发扬传统诗词的吟诵、歌唱传统，也可以提倡背诵，但同时应力求开讲，避免单凭记忆力死记硬背。

第三，对中小学学生学习诗词，不只要讲解、朗读、鉴赏，还应在小学高年级和中学生中指导习作。习作是加深诗词理解和掌握诗词艺术的必要方法。在不增加课外负担和自愿原则下，可建立第二课堂，校园诗社，组织诗赛，还可设立选修课，由学生自愿选读。

第四，语文考试内容，似应列入诗词，希望教育部门加以研究。

第五，师资是关键。诗教有无成效或成效大小，取决于教师的教育水平。现在有些语文教师不懂诗词或不会创作，心有余而力不足。

我们希望这些教师加强诗词修养，迅速改变目前状况。各级诗词学会、诗词社团还可协助有关教育部门和学校为诗教人员举办讲座或利用假期进行培训。

鉴于培训师资是加强诗教的基本措施，又鉴于新闻出版事业和一些其他单位都需要有从事诗教和熟悉诗词的专门人才，建议教育部考虑，在各级师范学校、大学中文系、新闻系等单位，都能开设或加强诗词课程。

毛泽东同志曾经说过："旧体诗词要发展，要改革，一万年也打不倒。因为这种东西，最能反映中华民族和中国人民的特性和风尚，可以兴观群怨嘛，怨而不伤，温柔敦厚嘛……"

把诗教与学校的素质教育相结合，完全符合这些指示精神。据统计，现在全国少年儿童和青年有7亿人，在校学生约1.27亿人。让诗词走进各级学校，在广大少年儿童和青年中进行诗词教育，对于中华诗词本身的振兴，促进精神文明建设，对于推动诗词走向更广大的人民群众，对于防止和克服诗词发展中潜在的中断危机，都具有重要的和深远的意义。

现在我们按照诗词与素质教育相结合的路子走下去，不难设想，到二十一世纪中叶，在完成伟大社会主义现代化的同时，中国的诗词状况也将会发生巨变。那时候，代代青少年中，会涌现出亿万个诗词爱好者，会拥有数以千万计的具有较高水平的诗人、词家，人们的文化素质将大大提高，整个诗词界将呈现空前繁荣的局面。

我们坚信，这样的局面一定会到来。我预祝这届研讨会圆满成功。

《中华诗词学会通讯》2000年第4期

| 中兴诗国赖群贤 |

走毛泽东诗词创作之路

毛泽东诗词座谈会于2001年3月1日举行。因为将通过电视台播发，对于学习和宣扬毛泽东诗词会产生重大影响。我代表中华诗词学会首先预祝座谈会成功！对于中华社会文化发展基金会与中央电视台青年部的热情合作，以及众多领导、专家、同学的积极参与，由衷地表示感谢！

我一向爱读毛泽东诗词，想借此机会谈点学习的粗浅体会和看法，敬请诸位指教。

当代著名诗人、中华诗词学会名誉会长臧克家是这样评价毛泽东诗词的。他说："毛泽东是伟大的革命家、政治家、军事家，他也是一位杰出的诗人。他的作品，给传统的诗词开辟了一个崭新的境界，从中看出他坚强的革命意志、博大渊深的胸怀、厚实的文学修养、高强的表现艺术。我们应该认真地学习他诗词中的那种民族气魄、民族风格与创新精神。"我认为，这个评价是中肯、全面而深刻的。

毛主席的诗词作品少而精。据《毛泽东诗词鉴赏辞典》统计：已发表的诗词56首，时间跨度起自1915年，止于1965年，恰恰五十年，半个世纪。重要的是，毛泽东诗词件件都是精品，有些作品被公认为千古绝唱。

毛泽东诗词在国内外普遍受到重视，其拥有读者数量之大，超过历代的诗词作者。在中国诗歌发展史上，毛泽东诗词达到了当代诗词的新高峰。连外国人都曾这样评价说："诗人毛泽东赢得了一个新中国。"

毛泽东诗词中，被称为千古绝唱的典型代表作之一，是《沁园春·雪》。这首词创作于1936年2月，问世于1945年10月国共重庆谈判期间。这首词一经问世，立即引起了巨大的轰动效应。由于这首词高瞻远瞩，胸襟博大，气魄雄浑，艺术精湛，不仅令全国人民深感振奋，也难倒和征服了蒋介石及其御用的一批反动文人。

毛泽东是伟大的革命家和军事家，他具有雄图大略和无坚不摧的革命意志。他这种革命品行，在1949年4月创作的七言律诗《人民解放军占领南京》中得到了充分体现，诗中佳句"宜将剩勇追穷寇，不可沽名学霸王"成为响彻云霄的进军号。我们知道，当时解放战争已经取得了三大战役的胜利，国民党军队的主力瓦解，败局已定。但仍有相当的残余势力。在这一新的形势下，究竟将革命进行到底，还是半途而废曾经成为一些人头脑中的问题。中国有一句"穷寇勿追"的古训。当时也有人提出："解放军不宜渡江，要适可而止""分江而治"等荒谬主张。国民党反动派和美帝国主义更企图以假和平阴谋阻挡解放军继续前进。毛主席丝毫不为这些荒谬论调和阴谋诡计所动摇。早在1948年12月间，毛主席即以《将革命进行到底》为题论述了彻底消灭敌人的极端重要性。在这首诗中，毛主席更以极其凝练和内涵深沉的语言创造了"宜将剩勇追穷寇，不可沽名学霸王"的诗句，提醒人们必须乘胜前进，不要重复楚汉之争中项羽本可获取胜利而终遭败北、自刎乌江的惨痛教训。这句诗仅仅十四个字，却抵得上滔滔不绝的长篇演说和政治课，迅速鼓舞起全军将士奋勇追杀残敌的彻底革命精神。

"诗言志"。毛泽东同志全心全意为人民服务的崇高品质也在诗词中得到了充分体现。我们不妨把陆游的《卜算子·咏梅》同毛泽东的《卜算子·咏梅》对比一下看。陆游的《咏梅》托梅言志，被公认为传世名作、千古绝唱。但它赋予梅的性格仅仅是"无意苦争春，一任群芳妒。零落成泥碾作尘，只有香如故"。而毛泽东的《咏梅》同样的托梅言志，却反其意而用之，即："俏也不争春，只把春来报。待到山花烂漫时，她在丛中笑。"可见毛主席的《咏梅》所表达的思想、情感、意境，比起陆游的来，实在宽广得多、高尚得多。我在为人书写条幅时，也极爱书写毛泽东的这些词句。

毛泽东诗词还善于把革命现实主义与革命浪漫主义相结合。其最突出的例子是《蝶恋花·答李淑一》。这首词长期被曲艺中的评弹谱曲演唱，深为大家所熟悉、所感动。它的最大特点，是把人间可歌可泣的真人真事同美妙感人的神话传说极其机智而自然地结合了起来，其所表达的真挚情感催人泪下，充分体现了无产阶级革命家缅怀革命先烈的高尚情操。

毛泽东诗词创作的态度也非常严肃。《水调歌头·游泳》下半阕中有云："……更立西江石壁，截断巫山云雨，高峡出平湖。神女应无恙，当惊世界殊"。这些词句写于1956年，即四十五年之前。人们读到这些词句，联想到今天正在热火朝天建设中的三峡工程及其建成后的壮丽远景，自会感到奇怪：究竟是毛主席料事如神呢？还是今天的三峡工程按照毛主席这首词意而设计的呢？其实，都不是。据长期担任长江水利委员会领导职务的同志说，毛主席从1953年起，即开始进行有关建设三峡工程的调查研究，时间长达数年之久。这些词句，是调查研究基础上形成的形象思维，而非浮泛空洞的豪情壮志。自然，从这些词句中我们会深深感受到毛主席对社会主义伟大建设蓝图的热烈向往和歌颂。

通读毛泽东诗词，我们会感到它的时代精神很强，是纵贯民主革命时期和社会主义建设时期的一部诗史。毛泽东诗词及其诗论还有多方面的优点和特色。他文化底蕴深厚，才智超人，深谙马克思主义的唯物辨证法，从而成功地解决了中华诗词创作中继承与创新、形式与内容、思想性与艺术性、普及与提高，以及如何发展、变革等一系列问题。我们应认真研究毛泽东诗词及其诗论，沿着毛泽东开创的当代诗词创作道路，奋勇前进。

青年是祖国的未来，也是中华诗词的继承者。我们提倡广大青年多多阅读毛泽东诗词，把它作为提高革命素质的教材和学会创作当代诗词的重要范本。

《中华诗词学会通讯》2001年第1期

|中兴诗国赖群贤|

研究学习名家诗词

　　诗词也同其他艺术品一样，古往今来都有名人名作。所谓诗词的名人名作，据我看标准有二：一曰人品高尚，二曰诗品精湛。在很大程度上可以说，中国的一部诗歌史，也就是一部名人名诗史。所以，进行名家诗词的学术研究，对我们当代诗词的振兴和发展具有十分重要的意义。

　　前不久，我曾应邀出席了在武夷山举行的柳永学术研讨会。大家知道，柳永是宋代的著名词人。他的许多作品例如《雨霖铃》等，脍炙人口，久传不衰。他尤其看重民间语言，善于引俚语入词，明白晓畅，富有韵味，造成"凡有井水饮处，皆能歌柳词"的良好效果，为我们今天让诗词走向大众提供借鉴。宋词有两大流派：豪放派与婉约派。毛泽东的"偏于豪放，不废婉约"，为许多人所赞同。人们大都认为柳永属于婉约派。然而，在这次研讨会上，有人提出柳永还是豪放派的首倡者和先行者。由于持之有故，言之成理，此一论点得到若干与会者的赞同和支持。由此可见，对名家诗词进行研讨，为我们今天扩大视野、增进知识、提高鉴赏水平所必须。

　　中国号称诗国，在悠久而漫长的诗词发展历程中名人众多，名诗浩繁，是当代诗词可资发掘的无尽宝藏。我们应当以高度的自豪感和责任感，通过广泛开展学术研讨去努力发掘和利用这样的宝藏。

　　中国古代的诗词名家要研究，中国近现代以及当代的诗词名家也要研究，研究近现代以及当代的名家诗词，由于时代相近，便于理解，其借鉴意义更大，也会更具成效。

有一种陈旧观念，叫作"盖棺论定"。我认为，这是一种形而上学的观点。人总是会有发展有变化的，这毫不奇怪。但既是诗词名家，自有其客观成就在。我们是历史唯物主义者，对一个人的客观成就，无论任何时候任何情况下，都应当实事求是地加以肯定，都有加以研究、借鉴、学习之必要，不应以生死划界。以生死划界，只研究死者，不研究生者，这叫作因噎废食，并不高明。况且，由于时代的演进、社会思潮的变化、意识形态的更新，一个人即便死了，所谓"盖棺论定"往往也是定不了的。

鉴于古往今来诗词发展中的名家诗词甚多，又鉴于搞研讨大有裨益，我建议中华诗词学会和各地诗词组织，包括基层诗社，都要重视名家诗词的学术研究工作，把它看作是借鉴历史经验、振兴当代诗词的一项重要举措。

研讨对象可以是历史名家的诗词，也可以是当代名家的诗词。研讨的规模可大可小，研讨的时间可长可短。重要的是，要避免形式主义、铺张浪费，要重质量、求实效，不务虚名。一切以时间、地点、条件为转移。凡有条件的诗词组织都可举办名家诗词研讨，放手发挥这些诗词组织自身的主动性和积极性。

我想，这种有客观实效的学术研究一经广泛开展起来，就会对当代诗词之振兴产生巨大的推动力量。

中华诗词学会成立于1987年。十多年来，学会同有关诗词组织及有关部门合作，曾连续举办过十三届诗词研讨会，大都收到了良好效果，从学术理论和创作实践上促进了当代诗词的发展。这些研讨会的内容，多为当代诗词如何在继承传统的基础上改革创新，以适应时代，深入生活，走向大众，开创社会主义时代诗词新纪元等，取得了很大的成绩。由于这种研讨是一个巨大而复杂的改革创新的系统工程，今后许多研讨会仍应继续从这一大课题中抓住某些专题进行研讨。近两届会议以让诗词走进大中小学校园为主题进行研讨，并收到明显成效，就是因为我们抓住了改革创新的系统工程中的一个重要环节。过去有的研讨会，也曾兼及研讨某些名家诗词作品，例如陆游、辛弃疾、李清照等，只是类似研讨的广度与深度还远远不够。

　　这次研讨会的主题，既然是讨论五四以来的名家诗词，我们就有必要对20世纪中华诗词发展的历史做简要的回顾。20世纪初叶，五四新文化运动兴起，包括诗词在内的传统文化受到强烈的冲击。在这一运动中，口语体新诗和白话文开始风行，并迅速占领文坛。这是时代进步的一面，文化先驱们的这一伟大贡献必须充分肯定。但是，正如毛泽东同志所指出的，某些文化先驱陷入形而上学和民族虚无主义，其负面影响是没有分清传统文化中的精华与糟粕，而一律采取排斥打倒的态度。对传统诗词更是如此。五四期间，传统诗词被加上"封建文学、贵族文学、山林文学"诸多恶谥，被认为是陈旧僵化的文学体式，必欲打倒而后快。以致五四以后的几十年中，传统诗词一直处于被冷落、被歧视、被压抑的困难境地。由此而产生的消极影响，随着近年来诗词事业的重新振兴已经有所改变，但是至今仍未能完全清除。例如，至今尚有人把传统诗词称作"夕阳文学""老人文学"。学术界极少有人关注五四以后的诗词发展，学者们从事的大多是古代诗词研究，其理论严重脱离现、当代诗词的创作实际，纯粹成为书斋中的学问。多种版本的现、当代文学史没有诗词的位置，各级学校文科课本中除毛泽东诗词外，基本上没有现、当代诗词名家的作品，各种新闻媒体也缺乏介绍宣传。在数十年形成的文化环境中，诗词这一大规模存在而且还在不断产生的文学体裁被漠视、冷置甚至贬抑，以致大量作家文彩不彰，大量篇章残毁失传。如果不及时挖掘、抢救和整理、研究，将会造成难以弥补的损失。

还在五四运动之前，黄遵宪即曾提出过"诗界革命"的口号。随着时代的发展，传统诗词创作中所出现的某些弊端应当改革，五四新文化运动的改革精神应当继承和发扬。

但传统诗词不应该被打倒。由于"诗言志，歌永言"是诗词发展的客观规律；由于诗词既来自民间，又符合民族特点，为人民所喜闻乐见；由于诗词源远流长，卷帙浩繁，成为中华民族优秀历史文化重要组成部分。事实上，传统诗词不仅不应当"打倒"，而且也打不倒。

正如一位海外著名华人诗家所断言的："中国传统诗词是一条永远打不死的神蛇。"

新文学的创始人及健将如陈独秀、鲁迅、于右任、柳亚子、郁达夫、闻一多、郭沫若、田汉、聂绀弩等，兼容新旧诗之长，抒发深广的情思，开拓出崭新的境界。一些新文学作家兼写诗词，一些专家学者也兼工诗词。其诗词大多格律谨严、语言典雅、技法精湛，从诸多角度切入社会现实，情牵家园，忧患苍生，表现出知识人士的高尚品格。

在革命战争年代和新中国成立后，毛泽东、朱德、董必武、陈毅、叶剑英等无产阶级革命家、政治家的诗词创作，以鲜明的时代精神，热情讴歌革命斗争与建设，奏出了雄伟的乐章。陈毅将军的著名诗篇《梅岭三章》，脍炙人口，表达了革命者视死如归的英雄气概。毛泽东诗词以思想性与艺术性高度结合的千古绝唱，把当代诗词推向了新的历史高峰。

此外，如民主人士、书画艺术家、中小学教师以及各行各业的工作者、港澳台同胞和海外华人，都有些诗词高手。他们以其各自不同的艺术创作个性，共同展现出广阔的生活画面，具有鲜明的时代色彩。

在毛泽东诗词和中共十一届三中全会精神的鼓舞下，近二十年来，全国各地诗词社团纷纷成立，诗词书刊大批问世，中华诗词学会协同地方诗词组织及各有关部门，连续召开诗词研讨会，举办诗词大赛。《中华诗词》杂志发行到千家万户，诗词创作者约有百万之众。在当代诗词创作中，也出现了一批具有社会主义时代精神，切近生活，为人民大众所喜爱的高手和新秀。他们的诗词抒发爱国激情，弘扬民族正气，讴歌真善美，鞭挞假恶丑，成为贯穿回响于当代诗词中的主旋律，黄钟大吕，催人奋进。

总之，五四以来的中华诗词，走着一条困难而曲折的道路，表现了顽强的生命力。她在继承古典诗词优良传统的基础上，无论是思想内容或艺术风貌，都有重大的革新与发展，丰富了我国现、当代文学的宝库，是整部中华诗词史上必不可少的组成部分，理当引起我们的高度重视。

这次研讨会，重点研讨五四以来名家诗词的光辉成就，探索其发展演变的轨迹与规律、思想价值与创作艺术，以树立典范，昭示后人，同时填补了现、当代文学史、诗歌史上巨大的空白。这不能不说是一个亟待我们这一代人共同完成的光荣使命。让我们在以江泽民同志为核心的党中央正确路线的指引下，张开双臂，拥抱新世纪的春天，按照《21世纪初期中华诗词发展纲要》的要求，开辟诗词事业的锦绣前程！

《中华诗词学会通讯》2001年第2期

| 论文 |

关于当代诗词创作与农业及旅游业的关系问题

全国第十五届中华诗词研讨会共收到一百多篇论文，收入《论文选集》（初稿）中的有五十多篇。所有论文，都是作者花费心血的产物，各有一定参考、研究价值。鉴于研讨会受时间限制，不可能每篇论文都在会上宣读，也不可能就所有问题泛泛议论。感谢历代诗词家为我们留下了大量优秀诗篇和丰富经验，学习他们的诗作和经验完全必要。但鉴古是为了知今，让我们变得更加聪明，让当代诗词创作少走弯路，更有成效。因此，我提议，我们的研讨无论大会发言，还是小组讨论，都要注意掌握重点。我认为：一是着重研讨新田园诗创作，即新旅游诗创作，即当代诗词与旅游业的关系问题。在这些问题上，力求畅所欲言，集思广益，达成共识。其他问题可通过会后阅读书面材料进行交流。思想是行动的先导。着重研讨这两个问题，对于贯彻实施《21世纪初期中华诗词发展纲要》，改革和繁荣当代诗词创作，具有更现实更迫切的意义。

农业是国民经济的基础。我国近十亿人口正在为促进农业的现代化而奋斗。中华诗词理应把农业建设、农业劳动、农业成就，作为自己的重大创作题材。当代诗词家和诗词爱好者，凡有条件的，都应当到农业生产第一线去，到广大农民群众中去，以自己的诗词创作去歌颂真善美，鞭打假恶丑，为推进农业现代化作贡献。

中国的诗歌发展史上，有许多卓有成就的田园诗人，为我们留下了大量脍炙人口的优秀作品。他们的诗词作品，大都赞美农村风光，同情农民疾苦，讴歌农业劳动，并抒发诗人自身淡泊名利厌恶尘嚣的高尚情怀。我们今天以农业为题材的诗词创作，应当继承田园诗词的优良传统。而且，不但要继承，还要超过。因为今天的农业建设和农业劳动已成为英勇豪迈的伟大事业，今天的农业劳动者已成为自己生活的主人。因此，当代农业诗词创作应当高扬爱国主义和社会主义主旋律，高扬劳动创造世界的光荣旗帜；而诗人自身，则必须以马克思主义的世界观和人生观来武装头脑，义无反顾地充当改造客观世界的勇士。

随着社会主义事业的全面推进，中国的旅游事业也从根本性质上发生了新的变化。

它不再是旧时代那种单纯的观赏山水、社会漫游和专项考察，而是一种社会主义时代的新兴产业。社会主义时代的旅游事业是国内外亿万游客增广见闻、休闲娱乐的重要方式，是展示中国历史文化、自然风貌、建设成就的重要窗口，是改变中国的封闭状态，走向世界，增进国际了解和友谊的重要桥梁，是变资源优势为经济优势，大量聚集社会资金的无烟工业。当代诗词家和诗词爱好者应当热心关注和支持旅游事业。中国的知识分子一向崇尚"读万卷书，行万里路"。一切有条件的诗词家和诗词爱好者要养成爱好旅游的雅兴和热情，并在旅游实践中根据亲历亲见亲闻多多创作反映祖国革命风貌和建设成就的诗词精品。

前不久，我在郑州市的旅游诗会上曾以"旅游与诗词"为题谈过一些意见和看法，这篇东西已印发给了大家，不再重述。这里我只想再谈一点：即中国有史以来的山水诗、吊古诗、军旅诗、边塞诗等，已为旅游诗词创作提供了许多宝贵经验。我们应当认真总结和发扬这些经验。今天的旅游条件比以往任何时代都好。当代诗词家和诗词爱好者应当而且能够为旅游诗词创作提供更加辉煌的成就。

海南是我们伟大祖国南疆的宝岛，资源丰富，农业先进，文化悠久。曾是宋代大文豪苏东坡谪居地并深受文化熏陶的儋州，是海南省的一颗明珠。儋州市素有"歌海诗乡"之称，诗人来这里雅集，如同回到了娘家。更加令人感动的是，这届研讨会不但得到儋州诗联学会的全力支持，出色地完成着承办任务，而且得到了省市党政领导的高度重视，市领导直接担当了研讨会的东道主，表现了高尚的文化素养和博大胸怀。因此，我认为第十五届中华诗词研讨会得以在儋州举行，是我们诗词界的一大幸事。

中华诗词学会成立于1987年。近十五年来，每年一届研讨会，今年则连开两届。这些研讨会贯彻百家争鸣、集思广益、勇于探讨、开拓进取精神，成为推动诗词事业健康发展的巨大动力。现在，在众多学者、专家和诗友的共同努力下，在儋州市东道主们的热情关怀和大力支持下，我相信，这届研讨会一定会取得圆满成功。

《中华诗词学会通讯》2001年第1期

关于经验的总结和推广

经验，一向为人们所看重。经验来源于实践。经验是人们在改造自然和社会交往中积累起来的实际知识。知识有感性与理性之分。凡属知识，都具有一定的规律性，可作为新的行为的参考和依据。人们的经验越多，即掌握的知识越多，人们的行为便会愈见成效，愈能同预想的目的相一致。有经验和无经验大不一样。它可以是事半功倍，可以是事倍功半，也可以是陷于失误、失足，走弯路，犯错误。所以，古往今来，许多脍炙人口的名言警句，甚至日常用语，都给经验以高度评价。例如：我们通常爱说的"老马识途"，唐太宗说的"以人为镜，可以明得失；以史为镜，可以知兴替"，都是在说经验之可贵。

孔子说的"三人行，必有我师"，是说要随时随地注意向有经验的人学习。我们常说"吃一堑，长一智""做错学乖""失败是成功之母"，都是说要从实践中积累经验。总之，人们无论生活、工作、做人、处事，都需要积累和凭借经验。

人的经验越多，越能增加自觉性，防止盲目性。

中华诗词历史悠久，经验丰富，需要我们去努力继承。中华诗词要在继承的基础上创新发展，具有新的时代特点，又需要我们勇于实践，去摸索和积累新的经验。因此，我们每一位诗词工作者，每一位诗词家都必须对诗词经验的继承和创新加以高度重视。

尤其要看重基层经验。我们这次会议着重交流的是诗词之乡的经验和诗词进入大中小学校园中的诗教经验。这些经验对于振兴当代诗词事业的全局具有十分重要的意义。

我们懂得一句老话："万丈高楼从地起。"这句老话，揭示了一条重要真理，即无论任何事业，都必得把基础打好。

中国素称诗国。但诗国不能是个空洞头衔。既然是诗国，就应当有诗校、诗村、诗乡、诗镇、诗市，甚至还要有诗县、诗省。有了足够数量和质量的诗校、诗村、诗乡、诗镇、诗市……等等，作为诗国才名副其实。尤其诗校、诗乡、诗县等，是诗国的基础。要打牢诗国的基础，必须从建设诗校、诗乡、诗县等做起。

近年来，随着当代诗词事业的发展，中国大地上开始出现了一些诗乡（包括诗村、诗镇、诗县，诗乡是代名词）和诗教先进单位。这些地区和单位目前数量虽然不多，但却达到了一定的先进水平，值得学习和推广，而且还有可观的力争先进的"后续部队"。应当说，这是当代诗词走出谷底、趋向繁荣的一个重要标志。我们为这一新的成就而欢欣鼓舞，并给予高度重视。

可以预见，随着诗词之乡的增多及其积极影响，中华诗词将会遍及广大城市、乡村和各行各业，成为促进社会主义精神文明的重要力量。随着诗教先进单位的增多及其积极影响，诗教活动将向大中小学校园中普及，为增进青少年的人文素质作出重要贡献，还将从根本上解决中华诗词后继无人的问题。

毛泽东同志关于领导艺术有过一项重要概括，叫作"个别指导与一般号召相结合"。个别指导，指培养典型，解剖麻雀，用以示范；一般号召，指采用开会和报刊宣传等方法加以推广。经验证明，"个别指导与一般号召相结合"是一种成效卓著的领导艺术。中国地域广阔，情况复杂。任何工作，任何事业，只有实行"个别指导与一般号召相结合"，即依靠先进典型去影响和推动处于中间、落后状态的地区和单位，由点到面，波浪式前进，方能达到扩大效果的预期目的。我们召开这次会议的目的即在此。目前，各级诗词组织大都处于没有编制和经费的困难境地，人力物力不足，为较快普及和发展诗词事业，尤其需要采用这种典型示范，由点带面的领导方法。实施这样的领导方法不但在全国范围内需要，在一个地区一个单位内也同样需要。

既然依靠先进经验去推动诗词事业是如此重要，这就要求我们诗词工作者重视总结经验和善于总结经验。关于这个问题，我所熟悉的一位经验丰富的老革命家曾说过几句十分精辟的话语。他说："总结经验要掌握三个要点，即一曰读书，二曰实践，三曰思考。"多少年来，我按照三个要点去做，得益良多。

所谓读书，目的在提高理论水平和分析能力。尤其马列主义的有关理论，党的重要文献中的有关指示，与本行业务有关的知识和精辟论述，等等，都须要我们认真地加以学习。只有这样，我们才能得到总结经验的正确立场、观点和方法，才能扩大视野，鉴别是非，取得分析和处理复杂事务的实际才能。

所谓实践，即从实际工作获取感性知识。实践有如品尝水果，只有把水果吃到嘴里，方可知道水果的滋味。实践有如火力侦察，只有与对方实际接触，方能知其虚实。实践有如下水游泳，只有经受风浪考验，才能学到真实本领。

实践的含义，还应包括亲自进行调查研究，通过亲历、亲见、亲闻，去收集材料，去鉴别是非，去探索复杂事务发展变化的客观规律。

所谓思考，即开动脑筋，思索问题。脑筋是思想器官，多想出智慧，出经验，出理论，出计谋，出方案，出各式各样的思想成果。古今中外，人类社会的任何成就，无论集体的还是个体的，都和人的善于思考密不可分。而且人的脑筋具有无穷的潜力，要勤于挖潜，别发懒。

在多数情况下脑筋会越用越灵敏，常言道："多用脑，心不老。"用脑思考，不需要任何场地和设备，从某种意义上可以说，思考可无本经营，用不着额外投资。所以，我认为，人人都应该养成勤于思考的习惯。

用脑思考，在总结经验的过程中有着特殊重要性。读书与实践，是产生经验的前提条件，还不是经验自身。总结经验的关键在善于思考。正如毛泽东同志所阐述的那样，要运用正确的立场观点方法，对从实践中得来的大量材料经过一番去粗取精，去伪存真，由此及彼，由表及里的分析综合功夫，得出符合客观规律的科学结论。换句话说，即由感性知识上升为理性知识。

为了振兴中华诗词，我们每个人都应当养成勤于读书，勤于实践和勤于思考的优良作风。这样的作风为诗词的继承、改革、创新所必须。有了这样的作风，大量新鲜经验才会及时被总结出来，创造出来，推广开来。

这次会议，是中华诗词学会成立十五年来首次在全国诗界范围内举行的以交流基层诗词工作先进经验为内容的重要会议。拿到这次会议上来作介绍的先进典型，大都是经过具体指导，精心创制，认真总结的产物，值得大家学习和研究。当然，先进单位的经验并非都已成熟、完备，仍需要经过讨论加以修正和补充。这次会议的参加者中不仅有先进单位的代表，而且有为数众多来自全国各地的诗词组织代表，还有著名诗人和专家，他们的经验也需要交流、学习和研究。所以，我希望大家畅所欲言，集思广益，相互学习，共同提高。

感谢浙江经济职业技术学院的党政领导和诗词组织为筹办这次会议作出了突出贡献。感谢各诗词先进单位和各地诗词组织派代表出席会议，热情支持。感谢中国作协领导，教育部领导和学会名誉会长、顾问出席会议，给予指导和支持。我相信，在江泽民总书记"三个代表"思想的指引下，经过共同努力，这次会议必将取得圆满成功，必将扩大先进经验的影响力，为蓬勃发展中的诗词事业注入新的生机。

《中华诗词学会通讯》2002年第2期

| 论文 |

重振诗国，奋力前行

1987年5月31日（农历五月初五端午节）中华诗词学会在首都北京正式成立。这是我国传统诗词在新的历史时期伟大复兴和蓬勃发展的重要标志，是我国诗坛的一件大喜事。

今天，我们在美丽的江城赤壁市欢聚一堂，隆重召开庆祝中华诗词学会成立十五周年大会和全国第十六届中华诗词研讨会。我代表中华诗词学会，向各位领导和来自国内外的诗友们表示热烈的欢迎和诚挚的感谢！向大力支持本次中华诗词事业的咸宁市党政领导，尤其向赤壁市党政领导、诗词组织及有关部门表示诚挚的感谢和崇高的敬意！

现在，请允许我向大会简要汇报中华诗词学会十五年来的工作情况，以及进一步发展和繁荣中华诗词事业的一些意见。

中国是一个诗的泱泱大国，中华民族是一个富于诗意和艺术创造力的伟大民族。在我国亿万人民的血脉里奔流着诗的灵感，诗的激情，诗的茫茫九派。在中华民族悠久灿烂的文化宝藏中，传统诗词居于特别突出的地位。中国文学史，首先是一部记载着屈原、陶渊明、李白、杜甫、白居易、苏轼、陆游、辛弃疾等伟大诗人的诗歌史。历代诗人笔下那些千古传诵的诗词名篇，不仅是我国民族文化和人文精神的瑰宝，也是全人类共同的艺术珍宝和精神财富。

我国的诗教传统源远流长。早在2500年前，孔子就提出了"兴、观、群、怨"的诗教理论。"不学诗无以言"成为从古到今我国对青少年进行人文素质教育的共识。中华诗词的优秀传统已牢牢地植根于华夏儿女的心灵深处，凡是有华人、汉语存在之处，就有中华诗词的传播、吟诵、写作和研究。中国传统诗词具有深刻广阔的社会内涵和无与伦比的审美特质，最能体现汉字、汉语言声情意象之美，具有超越浩茫时空的艺术生命力。它深深植根于人民群众之中，对于华夏文化传统和人文精神的形成，人民优良的心理素质的培育，产生着巨大的影响。它在高扬爱国主义精神、增强民族凝聚力、陶冶高尚情操、砥砺坚强意志和加强道德修养、培育良好素质等方面，都对全社会亿万人民发挥着潜移默化的重要作用。

然而，我国传统诗词近百年来的发展，却经历了曲折坎坷的路程。

五四运动开辟了中国新民主主义革命新纪元，它的伟大历史功绩是永远不可磨灭的。在五四新文化运动中，传统诗词曾受到猛烈的冲击。不错，当时诗坛确实存在思想陈旧、脱离生活、热衷用典、无病呻吟等流弊，给予批判，加以改革，是必要的。但是，由于当时一部分先驱者对中国传统文化尤其是传统诗词缺乏取其精华、去其糟粕的辩证分析，采取了以偏概全、全盘否定的偏颇态度，把整个传统诗词视为"僵死的文学"，一律打倒，陷于形而上学和民族虚无主义，致使我国传统诗词在长达半个多世纪的漫长岁月里，被冷落被歧视，处于生存、发展的困境之中。

传统诗词由于已经在数千年中成为中华民族形成、凝聚、振兴、发展的强大精神力量，由于它的艺术魅力已成为中华儿女共同的心灵乳汁，虽处逆境而灵根犹存，虽历冰霜而生机犹健。许多五四新文化运动的主将，如鲁迅、闻一多、郭沫若、郁达夫等，"唐贤读破三千纸，勒马回缰写旧诗"，在传统诗词创作上都取得了重要的成就。毛泽东同志更是在漫长的革命生涯中一直坚持传统诗词的创作，用气势雄伟、艺术精湛的诗词作品反映我国革命和建设的历史进程与伟大成就，寄托豪迈的情怀，展示广阔的胸襟，从而把当代诗词创作推向新的高峰，达到思想性与艺术性的高度统一，革命现实主义与革命浪漫主义的高度统一。老一辈无产阶级革命家周恩来、朱德、陈毅、叶剑英、董必武等也都有许多脍炙人口的诗词佳作，受到人们的喜爱和传诵。革命领袖们和众多的文学家、诗词家不断创作传统诗词的事实，反映历史发展的大趋势的事实，有力地证明了传统诗词是一棵有着深厚的文化底蕴和群众基础的参天大树，完全可以适应新的时代，具有万古长青的顽强生命力。

1965年夏季，毛泽东同志就曾断言："旧体诗词要发展，要改革，一万年也打不倒。因为这种东西，最能反映中华民族和中国人民的特性和风尚，可以兴观群怨嘛，怨而不伤，温柔敦厚嘛！"历史事实证明了毛泽东同志论断的正确。恰如新加坡诗人潘受所说："中国传统诗词是一条永远打不死的神蛇。"

在党的十一届三中全会以后，我国进入改革开放的历史新时期，中华诗词解脱了长期极"左"的枷锁，也随着国运的昌隆而复苏，逐渐蓬勃发展起来。许多报刊，如《诗刊》等先后开辟了"旧体诗"专栏，《当代诗词》等诗词专刊相继创办；各地的诗词社团纷纷涌现，一股"中华诗词热"起于民间，遍布全国，波及海外，世纪之交的中华诗词艺术焕发出旺盛生机，出现了空前活跃、繁荣兴旺的局面。在中华诗词学会成立之前，全国各地已成立了400多个诗词组织，江苏、黑龙江、吉林、辽宁、甘肃、安徽、山西、湖南、河南及上海等十几个省、市、自治区都相继成立了诗词学（协）会，出版了多种诗词报刊，开展了多种形式的诗词创作和研究活动。在这种情况下，组建全国性诗词学会，已经成为全国以及海外诗词作家和广大诗词爱好者的共同要求与强劲呼声。

1983年，将军诗人肖华同志和甘肃等省的诗人就提出组建中华诗词学会的设想。1985年6月，在诗词界老前辈赵朴初、钱昌照、楚图南、叶圣陶、夏承焘、钟敬文、姜椿芳、周一萍、张报等同志的关怀和努力下，北京及各地的部分诗人联名发出了《筹建中华诗词学会倡议书》，得到全国各地诗词组织、海内外诗人词家和社会人士的热烈支持。

1986年9月，文化部批准成立中华诗词学会，11月成立中华诗词学会筹备委员会。1987年2月召开16个省、市、自治区代表参加的筹备工作会议，通过了《中华诗词学会章程》，选举产生了学会的领导机构。1987年5月底至6月初，在北京举行大会，宣布中华诗词学会正式成立。

中华诗词学会在筹建过程中，还得到中共中央、国务院、全国政协和中宣部、中国作协、中国文联的热情关怀和大力支持。

我们可以清楚地看到，中华诗词学会这一全国性诗词组织的诞生不是偶然的，是有着深厚的历史文化基础的，是合乎文化发展规律的必然结果，是在建设有中国特色社会主义精神文明的历史进程中应运而生的。

中华诗词学会的成立犹如一声春雷，标志着诗界春天的来临，产生了巨大而深远的影响。

中华诗词学会是在十分困难的条件下成立的。最初挂靠于中国民间文艺研究会，1991年6月改归中国作家协会领导，1991年10月办理了全国性社团登记证。学会成立后既没有正式编制，又没有经费，连办公地点也没有。

首任会长钱昌照先生把他的一所旧居捐赠给学会作为永久性办公地址。各地诗友用筹募资金或其他方式给学会工作以支持。2000年在朱镕基总理的关注下，解决了300万元中华诗词发展基金资本金和为学会增加部分办公用房问题。在这里，我们对中央领导同志的关怀支持表示衷心的感谢和敬意，对为学会的工作作出重大贡献的已逝世的学会领导人表示沉痛的悼念，对支持我们工作的海内外各方面的朋友和广大诗友表示真挚的谢意。

十五年来，中华诗词学会同各地诗词组织经过共同努力，主要进行了下列工作，并取得了一定的成绩：

第一，在全国范围内建立了遍及城乡的诗词组织，使中华诗词在长期被压抑、被冷遇之后出现了欣欣向荣、春意盎然的可喜局面。

目前，中华诗词学会会员已逾8000人，单位会员210多个，加上各地方诗词组织、会员和积极分子约有百万之多。可以说，作为有组织的诗词团体及其成员的数量，今天要远远超过历史的任何时期。尽管今天诗词队伍的老化现象比较严重，但令人高兴的是，随着诗词事业的深入发展和诗词进入大中小学校园，中青年作者已开始大量涌现，很多大、中、小学学生也热爱并学写诗词，出现了不少诗词之县、乡、学校等先进单位，为诗词事业进一步发展奠定了群众基础。

第二，通过举办每年一次的诗词研讨会，就当代诗词发展的若干重大问题达成共识，促进了诗词创作和学术的探讨与交流。

在过去的十五年中，学会先后在岳阳、三水、洛阳、桂林、衡阳、南郑、济南、银川、重庆、昆明、石河子、武汉、深圳、合肥、儋州等地举办了研讨会，研讨的主题包括中华诗词如何处理继承与发展的辩证关系，当代诗词如何适应时代、深入生活、走向大众、开创社会主义时代新纪元，当代诗词的地位和作用、内容和形式，新边塞诗，当代诗词如何高扬主旋律和注意多样化，当代诗词走进大学和中小学校园的必要性及其与学校素质教育的关系，农村、山水、田园诗与旅游诗的创作等，并重点讨论了陆游、李清照、辛弃疾、苏轼以及五四以来著名诗人的作品。多次研讨会出版的论文集，成为一批宝贵的精神财富。杨叔子院士关于人文科学与自然科学的关系以及今天在青年中进行诗词教育重要性的论述和许多诗界学者、专家的精辟言论，为推进诗词事业产生了积极影响。

第三，举办多次诗词大赛，或在全国，或在一个地区和部门，一次又一次地掀起了诗词创作热潮。

1994年6月，由中华诗词学会与新华社、中央电视台等新闻单位共同举办的首届中华诗词大赛，在征稿后的两个多月中就收到近100000首诗词。参赛者来自全国31个省、市、自治区和台港澳地区以及美国、德国、日本、意大利、新西兰、马来西亚等国家，参赛人数之多，规模之大，可谓空前。以后举行的"李杜杯""鹿鸣杯""回归颂""世纪颂"等诗词大赛，都收到良好的效果。仅"回归颂"的境外参赛作者就来自十八个国家，是中华民族凝聚力的一次生动体现。诗词大赛有广大诗词工作者和爱好者的参与，有助于启发创作热情，选拔优秀诗作，发现杰出人才，扩大诗词社会影响，是群众路线在诗词工作中的生动体现。通过这些大赛已经涌现了一批有功力、有才华的优秀作者，成为中华诗词事业发展的中坚力量。

第四，由中华诗词学会主办的会刊《中华诗词》杂志越办越好，发挥着日益显著的社会影响。全国各地诗词刊物大量涌现，为诗词创作的繁荣和理论的探讨提供了园地。

1993年12月，新闻出版署正式批准学会创办《中华诗词》季刊，1994年7月15日出版创刊号。它的《发刊词》指出，刊物的编辑方针主要是"诗词作品与理论文章并重，普及与提高结合，在继承的基础上进行改革创新"，力求成为优秀诗词的园地，学术研究的论坛，联系群众的纽带，和促进海峡两岸人民以及国际诗艺交流的桥梁。七年来，《中华诗词》发表了近1.2万首诗词作品和160万字理论文章，推动了诗词创作和理论探讨的发展。从1997年开始，《中华诗词》改为双月刊，到今年初，发行量已超过25000份，比创刊初期增了近2.5倍，订户总数在全国所有诗歌报刊中首屈一指。我们还准备从明年开始把它办成月刊，为繁荣诗词创作作出更大的贡献。

近十多年来，各个省、市、自治区诗词组织以及很多县、乡、镇等基层单位创办的诗词报刊难以计数，它们联系着各自人数不等的诗人群体，共同编织诗歌的春天。

此外，中华诗词学会也逐步加强了自身的建设，建立会长办公会议制度，定期研究日常工作；为征集和管理好资金，成立了基金会的筹备工作机构；设立和完善了必要的工作部门；编辑出版了一批学术著作和作品选集；为提高诗词爱好者的写作水平，举办各种形式的笔会、研修班等。从学会目前的人力状况看，无论工作量和取得的成绩应该说都是相当大的。

十五年来，中华诗词所以取得以上成绩，首先应当归功于党的正确路线的指引和改革开放政策；同时应当归功于广大诗界同仁的共同努力，归功于各级党政领导和资深学者专家的关注与支持。我们尤其不会忘记，为克服振兴诗词事业中的实际困难，马万祺、查济民、李福善、赵经彻、骆雁秋、王国明、张作斌、杨清钦、夏朝嘉以及邵天任、赵焱森、吴北如等先生提供的宝贵援助和支持。历届诗词研讨会的承办单位，也都从人力、财力、物力诸方面给予中华诗词学会以大力支持。没有他们鼎力帮助，要取得上述各个方面成绩是不可能的。

回顾过去的十五年，我们也深感工作中有不少缺憾或不足之处。如：由于居住的分散和经费的困难，长期未举行代表大会，对如何发挥学会理事会和常务理事会的作用也注意得不够；对一些重要理论、学术问题上的不同意见，我们也缺乏认真的研究；在诗词界还存在着某些不团结的现象，等等。我们希望在今后的工作中努力改进。

提高自觉性，克服盲目性，继续努力，开创社会主义时代诗词的新纪元。

尽管我们已经取得了不小的成绩，但实事求是地看，中华诗词还只是刚从被打倒的地位站立起来，或者说是刚刚走出低谷，趋向活跃，远未达到真正的繁荣。中国是历史悠久的著名诗国，现在又是拥有十三亿人口的社会主义大国，从这样的国情出发，振兴中华诗词正所谓任重道远。我们的奋斗目标是经过长期努力，认真完成"两个转变"，使中华诗词具有鲜明的时代性和人民性，成为社会主义精神文明的重要组成部分。

从过去十五年的实践经验中，我们深深感到中华诗词要达到新的繁荣，首先要求我们在它的发展方向上达成一致，共同用辩证唯物主义观点解决一系列的关系问题，以便统一认识，共同努力，更加自觉地更有成效地推进诗词事业。

第一，正确处理好继承和改革的辩证关系。

首先，我们有着丰富璀璨的诗词传统，像屈原、李白、杜甫、白居易、苏轼等的作品，不仅是我国诗词的巅峰，而且也是世界文化的巅峰，为世界人民所尊重。中国诗词长期形成的人民性内容和音律美，也是无数诗人词客辛勤创作和探索的结果。像这样的优良传统和成功经验，我们都必须认真地加以继承，绝不能采取民族虚无主义的态度轻易否定或抹杀。

但另一方面，诗词又必须有所发展和改革，以适应新的变化了的时代的需要。从根本上说，诗词属于上层建筑意识形态的范畴，它必须服务于一定的经济基础；背离了一定的经济基础，便丧失了自身存在的意义和价值。即使在封建社会时期，一些有远见的诗人也提出诗词应当不断"出新"。梁萧子显在《南齐书·文字传论》中说："若无新变，不能代雄"。清人赵翼说："诗文随世运，无日不趋新"（《论诗》），"不创前未有，焉传后无穷"（《读杜诗》）。"文必两汉，诗必盛唐"显然不符合诗文发展的规律，更何况我们今天的社会性质是以公有制为基础的社会主义，人民大众已成为国家主人，经济在发展，教育在普及，文化在提高，科学技术在突飞猛进，人们的劳动性质、社会地位和相互关系也都起了新的变化。这一切新的时代特点都要求当代诗词创作与之适应。

　　因此，当代诗词应该做到思想新、感情新、语言新，首先应当在内容上符合新的时代。

　　由于长期以来读音方面的变化，在声律方面进行改革也是必要甚至是很急迫的。事实上，历史上声韵是不断变化的，例如《词林正韵》就是对《佩文韵府》根据新的情况进行了合并和分部，使之更适合于歌唱。我们在《中华诗词》今年第一期上发表了两个新的韵字表，作为推动诗韵改革的一项行动。同时，也尊重诗人的创作自由，包括对诗韵的选择。

　　为了更好地继承诗词遗产，我们应当加强对古典诗词的研究工作，也希望新的诗人词家更多地学习、借鉴古代的优秀作品，提高自己的诗词素养。同时，我们也希望有条件的诗词作者深入群众，深入生活，站在时代激流之中，写出反映现实生活和英勇斗争的优秀作品。这也将是继承与发展创新在一个作者身上的具体表现。

　　第二，正确处理思想性与艺术性、主旋律与多样化、美与刺等的辩证关系，使诗词更加绚丽多姿，异彩纷呈。

　　诗词是精美的语言艺术，是诗人情感的艺术表达，它与日记和信札、文章又都有所不同，要求有全面的真善美，即真实的感情、最能表现这一感情的内容或事例，以及最完美的表现形式，包括声韵音律之美。杜甫的《闻官军收河南河北》，真实地写出了诗人听到胜利消息的喜悦之情，一千多年以后还强烈地感染着读者，为很多人所吟咏背诵，没有感情上的真和艺术上的美，是不可能做到的。我们既反对那种内容空洞甚至宣泄不健康的思想，只是在文字技巧上下功夫的做法，也反对"主题决定论"，认为只要主题正确就解决了问题的想法。

诗词要表现新的时代、新的生活和新的情感，但这三者本身是丰富多彩的，加以诗人词家各具不同的艺术个性，这就决定了作品内容、风格以至表现手法的多样化。中国诗歌史上，伟大的浪漫主义诗人李白和伟大的现实主义诗人杜甫双峰并峙，其他如白居易、韩愈、柳宗元、李商隐、杜牧、李贺以至贾岛等，无不有着自己的风格，这才形成了唐代诗歌空前繁荣、绚丽多彩的局面。我们要达到新的繁荣，就不仅应该容许，也应该鼓励不同风格的作品出现。

美与刺也是如此。社会现实中既有真善美，又有假恶丑，这是事物发展变化中的必然规律，古今中外，概不能外。人们欲推动社会前进，必须美刺并举，当美者美之，当刺者刺之。换句话说，歌颂真善美与鞭挞假恶丑，绝不是对立的，而是统一的，各从不同的方面推动时代的进步。不错，在社会主义条件下，光明面通常会是主流，但只要有假恶丑现象的存在，就仍应揭露和批判。那种认为揭露批评阴暗面就是否定光明面的说法，实际是一种形而上学的片面观点。

第三，正确处理普及与提高的辩证关系，使我们的诗词能做到雅俗共赏，为广大的群众所喜爱。

诗词作为一种文艺形式，一旦公开发表，就成为社会产品，必然要在读者中产生影响，面临着读者是否理解和接受的问题，党的"二为"方向也明确指明了这一点。提高与普及绝不是互相对立的，而是相辅相成的。任何富有社会责任感和历史使命感的作者都应该同时考虑这两个方面，奉献给读者内容完美而又为他们所喜闻乐见的作品。

至于"雅俗共赏",首先应该界定"俗"的含义。一般说来,它有"大众的、普遍流行的"和通俗之意,也有"庸俗"的含义,我们所指的当然是前者而不是后者。因之"雅俗共赏"的准确释义应为"使我们的作品既为有相当水平的专业人士,也为一般读者所喜爱",这应该是一种合理的要求,而不是需要反对的桎梏。杜甫曾"以俗字入诗",元曲甚至以俗为雅。我们更应该从群众新鲜活泼的口语中提炼生动的语言入诗,以表现当代的现实生活。

第四,正确处理尊重诗词特点及其合理的格律方面的要求与允许和鼓励有所突破、创造新体的辩证关系。

从中国诗歌发展史上看,许多诗体,包括格律谨严的所谓"近体诗"即律诗和词曲等,由于它们内容凝练、音韵和谐、便于吟诵和记忆,今天仍为很多作者和读者所喜爱,完全可以旧瓶装新酒",用来表现新的时代;形式不变,改用新声新韵,会更易于普及,其使用价值也会更大。这是传统诗词具有强大生命力的一个重要原因。被称为当代诗词新高峰的毛泽东诗词为这种生命力提供了有力证据。事实证明,传统诗词可以表现新时代人民的感情和生活。只要我们掌握好继承与创新发展的关系,中华诗词无论在今天和将来仍然具有强大的生命力。毛泽东早在1957年与臧克家、袁水拍谈话时,也指出了这一点。他说:形式的定型不意味着内容受到束缚,诗人丧失个性。同样的形式,千百年来真是名诗代出,佳作如林。固定的形式并没有妨碍诗歌艺术的发展。

另一方面,中国诗歌史也是一个不断嬗变发展的历史。从四言、骚体、五言七言古诗、律诗、词到曲,新体不断出现,其中很多诗体直到今天还有广大的作者，而以古体诗、近体诗和词为更多。

如果过去的作者采取反对乃至鄙薄新体的态度，就不可能有今天这样繁花似锦、争奇斗艳的局面了。特别是，中国社会今天已处于伟大的社会主义时代，新生事物层出不穷，语言文字的发展具有了某些新的特点，加大了诗词改革的必要性和可能性。因之，我们应当支持、鼓励对于新的诗体的探索和创作，营造一个宽松活泼的环境，促进诗词事业新的繁荣。

江泽民同志在十五大报告中，把建设有中国特色的社会主义文化，作为综合国力的重要标志之一。而中华诗词作为我国社会主义文化的重要组成部分，最具民族特色，应该也必须在新世纪的伟大进军中，走在时代的前列，加快改革、创新与发展，适应时代的需要，取得辉煌的成就。

为实现中华诗词跨世纪的发展，中华诗词学会经过调查研究，广泛征求全国诗词界各方人士和海外众多诗友的意见，郑重提出了"开创社会主义时代诗词新纪元"的口号以及"适应时代，深入生活，走向大众"的方针，实行"由旧时代向新时代的转变，由少数人向多数人的转变"的举措，并数次召开在京诗词界知名人士参加的座谈会，经三个月的反复讨论，七易其稿，于2001年2月28日经中华诗词学会会长扩大会议讨论通过了《21世纪初期中华诗词发展纲要》（以下简称《纲要》）。这个《纲要》发布后，得到诗词界同仁的广泛赞同和热烈响应，各地诗词报刊纷纷转载引用，诗词社团组织学习讨论和研究实施方案。

《纲要》是一个旨在明确方向、统一思想、使中华诗词在新世纪达到新的繁荣的重要文件，是新时期以来诗词发展的经验总结，是开创社会主义时代诗词新纪元的总体规划，也是今后相当长时间内振兴发展中华诗词的行动纲领。在这次大会上，我们希望集中海内外诗友们的智慧和经验，着重研究如何贯彻落实这个《纲要》，把我们的口号和宣言，最大限度地落到实处，使《纲要》真正成为中华诗词在21世纪繁荣兴旺的进军号角和行动纲领。坚定地实施《纲要》，将是我们中华诗词事业提高水平、取得新成就的重要保证。

为实施《纲要》，从目前情况出发，应着重做好以下工作：

一、加大对中华诗词、对《纲要》精神的宣传力度

要让广大诗词爱好者、广大青少年和广大人民群众了解、熟悉祖国的传统诗词的巨大成就、无与伦比的审美价值和人文素质教育作用；要向全国及海外广大诗词界同仁深入宣传《纲要》的精神、宗旨和具体内容，及时介绍各地诗词社团实施《纲要》的生动经验。《中华诗词》杂志要有计划地把《纲要》内容分成若干专题，组织诗词专家撰写文章，加以细致分析阐释，让《纲要》的思想为诗词界和广大诗词爱好者所认同、所熟悉、所掌握，使全国诗词界意志统一，目标一致，团结协作，为振兴发展中华诗词事业而努力奋进。

二、加紧进行声韵改革

声韵改革势在必行，这已成为诗词界广大人士的共识。我们提倡以普通话为标准的新声新韵，同时根据创作自由原则对采用旧声旧韵给予尊重。根据《纲要》要求，为适应中华诗词与时俱进、开拓创新、走向大众的发展趋势，以及"让中华诗词进入大中小学校园"的普及诗教的需要，今年第一期《中华诗词》杂志刊登了由中华诗词学会委托广东

中华诗词学会编写的《中华新韵府》和新疆师范大学星汉教授编写的《中华今韵》现代汉语常用韵字简表，作为当代诗词创作的试用本，旨在集思广益，经过实践、讨论和改进，最终编成一部较为科学较为完善的当代新韵书。这是一项艰巨而细致的基建工程，须要花费较长时间和较大精力方可完成。这部新韵书完成之后，将大大有助于当代诗词的振兴和普及。但即使那时，我们仍不强求用韵统一。在较长时间内，我们坚持诗词创作可以选择不同用韵的宽松氛围。

三、积极倡导诗词语言和诗词体裁的创新改革

诗词是语言的艺术，语言是诗词的要素，诗词改革必然伴随着语言的创新。古代有识之士主张"唯陈言之务去"，当代诗人要树立诗词语言创新的自觉意识。当代诗词创作中，既可采用传统诗词中适于当代的语言精华，又要留心向人民群众学习，向民歌学习，善于采用新鲜活泼的现代语言，甚至以当代口语入诗。

创造新的诗词体裁，是时代的呼唤和诗词自身发展的必然规律。艺术规律永远追新求变，最忌墨守成规。诗体较多，形式丰富，便于反映当代丰富多彩的社会生活。一切有益的创新诗体的探索，都应得到鼓励。

四、推进诗教，以诗育人

在江泽民总书记"以德治国"思想指引下，近几年来许多地方兴起了诗教工作，重视以诗育人。从1994年福建南安"贵峰诗村"开始，不少地方创建"诗词之乡"和大力兴起学校的诗教工作。中华诗

词学会因势利导，在有关地方和部门的支持配合下，适时地推进这一工作，出现了可喜的局面。上个月，我们在杭州举行了"首届创建诗词之乡和诗教先进单位经验交流会"，一些县（市）进入"诗词之乡"行列，一批中、小学，获得"诗教先进单位"称号。这种新的尝试需要与各地及时交流经验，摸索前进。但无论如何，诗教作为中华美德的传统，通过诗词走进校园和更广泛地在社会普及，无疑会大大推进社会主义精神文明建设。我们将与各地方及有关部门一起，继续努力推进这个事业。

五、加强中华诗词的理论研究和批评

要拓展理论批评阵地，鼓励诗词理论研究和著述，逐步形成一支具有马克思主义理论水平和高深诗词修养的、对当代诗词创作实践进行正确理论指导的诗词理论批评队伍。

今后，我们还要继续坚持每年1至2次的诗词研讨会，要把研讨内容与当代诗词发展最重要的课题联系起来；要组织力量对我国诗词文化史和每个时代的重要诗家作品进行系统研究，找出每个时代诗词发展或衰微的规律；要组织撰写出版诗词理论批评和研究丛书，使诗词理论水平与诗词创作繁荣的时代风貌相适应，使两者并辔前进，相互促进。

六、加强队伍建设，培养中华诗词后起之秀

这是中华诗词学会的一项战略任务。1999年和2000年，中华诗词学会在与各有关部门联合举办的第十二、十三届中华诗词研讨会

上，提出"让中华诗词走进大、中、小学校园"的倡议，得到社会各界和中国教育部的赞同与支持，收到显著效果。我们呼吁在各级师范学校、各大学中文系、新闻系及有关人文科系，增设诗词教育和诗词写作课，加强诗词教育师资和诗词人才的培养。我们希望各地诗词教学和有关报刊加大中华诗词教育普及的力度。

中华诗词学会和《中华诗词》杂志将继续开办各种形式的诗词培训班。

为做好这一工作，准备近期成立诗词文化培训中心，统揽诗词培训工作，并对有关诗教单位加强联系、监督，发挥桥梁指导作用，尤其要抓好学校师资培训工作，以解决师资严重短缺问题，以巩固诗词进学校的成果。我们还将建立中华诗词网站，利用高科技信息传播手段推广普及中华诗词文化。

为加强青少年诗词普及工作，建议各地诗词组织建立青年工作部或设青年委员，或在有条件有必要的基层单位建立青年诗社，开展适合青年特点的诗词活动。

七、加强诗词组织的建设

中华诗词学会要完善管理规章制度，一方面积极稳妥地发展新会员，另一方面坚持入会标准和审批制度，不断提高会员素质和创作水平。为增强诗词组织的素质与活力，拟选择适当时机，重新进行会员登记。中华诗词学会要加强与各地诗词组织的联系与合作，相互交流经验，共同推进诗词事业。

学会将在有条件的地方建立诗词培训基地等，并不断总结经验，示范推广。

八、办好诗词报刊，加强诗词著述图书丛书的编辑出版工作

《中华诗词》杂志作为中华诗词学会会刊，为适应诗词事业发展的需要和广大读者的愿望，在积极创造条件，争取明年办成月刊。希望各地诗词组织协助做好《中华诗词》改刊后的发行工作。诗词报刊要坚持正确的办刊宗旨，贯彻"二为"方向和"双百"方针，办出特色，提高质量，扩大发行。

要有计划地组织出版兼具社会效益和经济效益的诗词专著与系列丛书，不断积累经验，争取办起一家全国性的中华诗词文化出版社。

九、积极开展各类诗词活动，加强国际诗词交往与合作

中华诗词学会和各地诗词组织，可举办各类诗词大赛、诗词研讨会、诗词朗诵演唱会，以及组织诗人深入生活，进行采风、创作等活动。这些活动，形式可灵活多样，规模可大可小，要坚持正确方向和社会效益第一的原则，重质量，重效果，并建立必要的报批制度。

在诗词界的国际交往中，我们遵循的原则是：对海外华侨、华人中的诗人、诗词社团和其他国际友人中的汉诗爱好者、研究者以及他们举办的诗词学术活动，一律采取友好交往、积极合作的态度；在诗词组织上，各自尊重对方的独立性；在国际交往中自觉遵守我国的外事纪律。

十、建立中华诗词发展基金会

在我国社会主义市场经济条件下，为使中华诗词发展建立在一定的物质基础之上，中华诗词学会应主动为经济、文化、旅游、教育等

各部门、各方面提供诗词文化服务，以扩大自身影响，提高社会效益与经济效益。要把振兴诗词与发展诗词文化产业相结合，力争在近一两年内建立中华诗词发展基金会。基金会的收入，将用于发展诗词创作研究、出版诗词专著及诗词教育等方面。

朱镕基同志最近在欧阳鹤同志反映学会十五年来工作情况的信上批示："希望多作一些诗词评介、普及和群众化的工作。"江泽民同志的讲话和朱镕基同志的批示，为中华诗词事业的发展进一步指明了方向。

我们伟大的祖国正处在前所未有的飞速发展的历史时期。我们的社会需要现代的屈原、李白、杜甫、白居易、苏东坡。中华民族将永远以自己辉煌的文明、美丽的诗情自立于世界民族之林；中华诗词这棵根深叶茂的参天大树必将结出无愧于伟大时代的丰硕果实！

同志们！海内外的诗友们！让我们紧密团结，继往开来，共同开创社会主义时代中华诗词的新纪元！

《中华诗词学会通讯》2002年第2期

深化改革，与时俱进

中华诗词学会在浏阳市工作会议的主要议题，是以党的十六大精神为指导，总结工作，交流经验，研究当代诗词如何深化改革，与时俱进，开创社会主义时代诗词新纪元。

当前，中华诗词面临着蓬勃发展的形势。

改革开放以来，特别是近几年来，在中央和地方各级党政领导的关怀和支持下，在党的文艺路线、方针、政策的指引下，中华诗词学会经与各地诗词组织和诗人、词家以及广大诗友的共同努力，诗词事业已逐步走出低谷，踏上振兴和繁荣的道路。我们的主要成就是：建立了遍及全国的诗词组织和创作队伍；通过学术和理论研讨，就当代诗词改革、发展的若干问题达成了共识，增进了团结；曾多次举办全国性或地区性、专业性诗词竞赛，掀起了广泛的诗词创作热潮，取得了可喜的成果；作为诗界喉舌和诗词园地的《中华诗词》杂志越办越好，已产生显著的社会影响。关于过去的工作和今后的任务，我在中华诗词学会成立15周年庆祝大会上已经讲了，不再重复。今天，我想就学习贯彻十六大精神，继续推进诗词事业说点意见。

一、认清时代特点，增强诗词改革的紧迫感与自觉性

党的十六大进一步照亮了中华诗词振兴的道路。"三个代表"的重要思想和与时俱进的创新理论，给了我们以极大的鼓舞和深刻的启

示。我们认为，中华诗词必须与时俱进，方不愧居于中国先进文化的行列。而要与时俱进，则必须在继承优良传统的基础上经由改革、创新、发展，使当代诗词富有时代精神，开创社会主义时代诗词新纪元。毫无疑问，这是一项艰巨而光荣的战略任务，是当代诗词事业成功与否的关键所在。

几千年来，一部中华诗词发展史，就是一部与时俱进的改革史。从诗经到楚辞，到汉乐府，到唐诗、宋词、元曲……都是与时俱进，不断有所改革的产物。与时俱进，符合自然界与人类社会的发展规律，符合放之四海而皆准的马克思主义的辩证观。诗词同其他任何事物一样，不与时俱进，势必故步自封，墨守成规，僵化保守，脱离群众，成为时代的落伍者，最终为新的时代所淘汰。

新社会有别于旧时代。生产资料所有制和分配制度的变革是区分新旧社会新旧时代的根本标志。我国现在正处于社会主义的初级阶段。社会生产力的代表者人民大众已经改变了奴隶地位，成为自己国家的主人和新生活的建设者。以经济建设为中心，以发展生产力为目标的社会劳动已成为英勇豪迈的光荣事业。进入21世纪，我国已初步建成小康社会，并在向全面小康迈进，以建设民主、富强、文明的现代化强国。教育在走向普及，人民的文化素质在逐步提高，人民对诗词的需求在日益增长。处于当代诗词高峰的毛泽东诗词，为我们提供了较为完备的诗词创作经验。一向居于先进文化行列的中华诗词日益受到全社会的重视、关注和支持。更重要的是，我们有马列主义、毛泽东思想、邓小平理论和"三个代表"重要思想的指导。所有这些新时代的重大特点，必须成为当代诗词振兴、改革和发展的重要依据。

这些年来，中华诗词学会曾提出"开创社会主义时代诗词新纪元"的口号，提出"实行从旧社会向新社会转变，从为少数人向为多数人转变"的战略要求，提出"适应时代，深入生活，走向大众"的创作原则，并且制定了《21世纪初期中华诗词发展纲要》，都符合与时俱进精神。但把这些付诸实施，还需要我们认真研讨，群策群力，在深化改革与加快发展上花大气力。

思想是行动的先导。作为上层建筑和意识形态的当代诗词，必须适应社会主义经济基础，跟上社会发展和时代前进的步伐。我们必须从理论上弄清新旧社会的本质区别，具有鲜明的时代观念，正确处理继承与改革的辩证关系。一方面，我们必须继承中华诗词的优良传统，正如京剧改革必须姓"京"一样，诗词改革也必须姓"诗"，如果诗词改革得不姓"诗"了，那会是诗词改革的失败。但另一方面，我们又必须经由改革、创新、发展，使当代诗词适应时代特点和需要，为广大人民喜闻乐见。当代诗词创作应当学习唐诗宋词的优良传统，但不应机械摹仿唐诗宋词，追求唐诗宋词的所谓"原汁原味"。反对改革创新的"原汁原味"论实际是一种不合时宜的保守思想。

二、当代诗词必须具有时代精神，反映现实生活

诗词的改革创新，首先是内容上要有新的发展、新的突破，表现新的思想，开辟新的领域。

适应我们时代的特点，当代诗词创作应当具有与爱国主义、集体主义、社会主义相一致的思想感情，弘扬以爱国主义为核心的团结统一、爱好和平、勤劳勇敢、自强不息的民族精神。弘扬和培育民族精神，在全社会形成共同的理想和精神支柱，是建设包括当代诗词在内

的先进文化的重要任务。我们应当努力创作出富有新时代民族精神的诗词作品，用以教育人民和鼓舞人民。这是衡量当代诗词能否成为先进文化的重要标尺。应该说，关心群众疾苦的博大情怀和爱国主义思想，在我国诗歌史上一直占主导地位，我们应该加以继承和发扬。过去也存在部分内容不健康的作品，我们要取其精华，去其糟粕，对其艺术成就仍应该加以借鉴。

适应我们时代的特点，当代诗词必须开拓新的创作题材，反映社会现实生活。在旧社会，劳动、劳动者，很少占有诗词创作的重要位置。在今天，劳动、劳动者，以及社会主义建设和改革开放的伟大事业，可歌可泣的英雄事迹，扬善罚恶，反腐倡廉，或美或刺，都应当成为诗词创作的主题。脱离现实、脱离生活、脱离人民的诗词作品是没有生命力的。

有条件的诗人、词家和诗词爱好者，应当尽可能到生产第一线去，到火热的斗争中去，同广大劳动人民建立密切联系，与他们同呼吸，共命运，满腔热情地去表现他们，歌颂他们，创作出广大人民喜闻乐见的诗词作品。

任何社会事物都可区分为真善美或假恶丑。褒与贬，奖与惩，美与刺，是社会发展不可或缺的推动力。先进文化的作用在于，它倡行正义，表彰先进，敢于同假恶丑现象作斗争。居于先进文化行列的传统诗词也一向如此。当代诗人词家应当继承中华诗词美刺并举的优良传统，面对复杂的社会现象，在自己的诗词创作中敢于实事求是，一心为公，当美者满腔热情美之，当刺者毫不留情刺之。

不要害怕针砭时弊会遭受打击报复。人，做好事，总得要有点仗义执言的品格和自我牺牲精神。况且，只要你做得正，真理在你手里，党和人民终归会支持你的。

　　诗词不仅应当而且完全能够反映现实生活，"文章合为时而著，歌诗合为事而作"，一直是我国诗歌创作的优良传统。屈原、杜甫、白居易等都曾写过许多反映他们那个时代社会现实的伟大作品。杜甫的作品以其广泛深刻地反映了他那个时代政治、经济和社会生活的巨大变化而被称为"诗史"。五四以来，许多名家如鲁迅、柳亚子、赵朴初、聂绀弩等也创作过许多反映现实生活的诗词作品。

　　老一辈革命家，特别是毛泽东，运用传统诗词反映革命斗争和社会主义建设的巨大成功，把传统诗词推向一个历史的新高峰。所有这些优良传统，值得我们认真学习和借鉴。那种认为传统诗词不能反映现实生活的观点是站不住的。

　　当然，我们在积极提倡诗词创作反映社会现实生活的同时，也不排除诗词家创作其他题材或者抒发个人喜怒哀乐的思想健康的作品。诗词是人的思想感情迸发、升华、凝练的产物。人生道路百折千回，事有悲欢离合，情有喜怒哀乐，这决定了诗词创作题材和风格的多样性。悲愤出诗人，喜悦也出诗人。

　　杜甫的"三吏""三别"和《闻官军收河南河北》，即是明证。社会主义是人类有史以来最合理的社会制度，美好事物层出不穷，已成为人们生活的主流，诗人应放开喉咙，尽情歌唱，不必"为赋新词强说愁"了。但社会主义并非十全十美，还存在阴暗面、缺陷、失误，有待改革和完善。人的地位不同、经历不同、世界观不同，人的思想感情也决然不会整齐划一。因此，当代诗词创作中理应把主旋律与多样化统一起来。我们要努力做到既唱响主旋律，又促进风格流派的多样化。

社会主义时期的时代精神，大都体现于亿万人民多彩多姿的现实生活之中。当代诗词创作是对这种现实生活的合理概括、艺术加工和生动表述，按照诗词特定法则力求达到思想性与艺术性的完美结合。古往今来，诗词作品中一切脍炙人口经久不衰的优秀篇章，都是思想性与艺术性完美结合的典型，值得我们认真地加以研究、借鉴。当代诗词创作中有两种倾向：一是把思想性看得无关紧要，无病呻吟，单纯追求艺术技巧，致其作品淡然无味，失之平庸；一是把艺术性看得无关紧要，以空洞的政治说教代替形象思维，致其作品同样淡然无味，失之平庸。这两种倾向都应当注意防止和克服。"德者，才之帅也。"

为适应我们时代新的特点，当代诗词创作在讲究艺术性的同时，给思想性以足够重视是很必要的。

适应我们时代的特点，当代诗词的读者对象，也需要大大放宽。归根结底，诗词来自人民，理应属于人民，归还人民。我们要求当代诗词尽可能走向人民大众，力求做到明白晓畅，雅俗共赏，跳出只供少数人欣赏的小圈子。当代诗词能否做到脍炙人口，广为流传，是其创作有无成就和成就大小的试金石。

我们不要求人人作诗，但要求有越来越多的人爱好诗，鉴赏诗，接受诗的熏陶。诗词创作中或雅或俗，可以各有所好，都有存在的必要，但应力求做到雅而能懂，俗而不陋，雅俗共赏。当代诗人、本会副会长李汝伦在其一篇论文中曾说："我想普通话格律诗不但不应该让柳卿独美于前，并将大大超过之才对。"我赞成这样的想法。古人尚且可以做到"老妪能解""井边歌柳词"，我们当代诗词家完全应当把这看作为之奋斗的一个目标。

当代诗人、本会顾问刘征有篇论文《明白如话的唐诗》，对唐诗创作中明白晓畅的优良传统作了精辟论述。我认为，当代诗词创作应当继承和发扬这样的传统。写诗，到头来总是要让人看让人懂的，越明白晓畅，便越有效果，应多在通俗易懂上下功夫。传统的诗词语言与传统的书面文言有所不同，诗词语言由于来自民间，又需要回到民间，从来贵在明白晓畅，通俗易懂。当然，我们不赞成胡适的"话怎么说，诗就怎么写"，那会把诗的语言庸俗化了。但将生动活泼的群众语言经过提炼加工而使之入诗，还是很必要、很可贵的。

诗贵含蓄，也贵率真。含蓄，言近意远，耐人寻味，如同水中望月，雾里看花，并给人以想象空间，富有"似与不似之间"的朦胧美，当然很好。但含蓄只是诸多风格之一。

例如，直抒胸臆，明白如话，则是诗词创作中更具普遍性的重要风格。这样的诗作，如李白的"床前明月光，疑是地上霜，举头望明月，低头思故乡"，文天祥的著名诗句"人生自古谁无死，留取丹心照汗青"等，尽管较为直白，却情真意切，鞭辟入里，不仅易懂易记，更易于震撼人的心灵，为广大人民所理解。为了让诗词走向大众，无论含蓄也好，率真也好，都要避免晦涩难懂。至于在旧社会因害怕招祸，害怕"文字狱"，而使用曲笔隐语，这在实行民主自由的今天，已无必要。

三、加紧诗韵的改革，积极探索新的诗体

诗词是语言的艺术。从近体诗的出现和其格律的形成，已有一千多年，这期间语言发生了很大的变化，不可能不影响到诗词创作中的

声韵变革，例如词韵就是对旧韵的合与分而形成的。随着新中国的建立，语言声韵在全国范围内逐渐统一和规范，更会影响到诗词声韵的变化和发展。

《21世纪初期中华诗词发展纲要》提出以普通话作为基础，实行声韵改革。这是从语言发展现状出发，获取最大诗词效果，深受广大群众欢迎的必要措施。《中华诗词》杂志去年公布了两种声韵改革简表，一边试行，一边听取意见，准备经过认真研究，综合为一种试行简表。

当代著名语言文字学家、中华诗词学会顾问周有光在发表于《人民日报》的一篇文章中指出："现代社会需要标准明确的规范化共同语，普及共同语是实行全民义务教育和建设现代化国家的基础工程。""方言时代将要让位于普通话时代。普通话所代表的汉语已经成为世界上使用人口最多的语言。"这说明我们以普通话为基础实行声韵改革的主张符合时代要求，是正确的。

在试行以普通话为基础的声韵改革的同时，我们对采用平水韵或其他声韵进行诗词创作，也一律表示理解。任何时候，我们都要实行创作自由的原则，营造和维护诗词创作的宽松环境。

为了适应时代的要求，诗词格律宜适当放宽。唐宋时代形成的诗词格律，是对诗词声韵规律的科学总结。它凝练了诗词的语言，增强了诗词的美感，提高了诗词的艺术感染力，不断把诗词创作推向新的高峰。当代诗词创作必须继承这份宝贵的遗产，把它作为应该掌握和遵循的重要法度。但即使在过去，很多近体诗作者就有为了表达词意的需要而对某些格律规范有所突破的大量例证。

今天新的社会制度和人们的思想、生活、语言都出现了新的特点，更应该在遵守格律的大前提下，允许有所突破。格律过严，又不知权变，不利于诗词生动活泼的发展和走向大众。

形式和内容应当统一，但内容应居于主要地位。意境与格律应当兼顾，但意境应居于主要地位。衡量一首诗的水平高低，首先应看它有没有诗的意境、诗的韵味。我们有些诗词评论家和报刊编辑习惯于"按图索骥"，稍不合律即谓之"硬伤"，非改不可，或加以淘汰，这实际影响了对那些诗味浓郁的诗词作品的正确评价。当代诗人、本会名誉会长霍松林在他的力作《简论近体诗格律的正与变》中，通过大量事实说明唐诗大家出现拗句救或不救的情况，并做了精辟论述，可作为当代诗词创作的重要参考。此文在《中华诗词》今年第四、五期连载，希望诗友们注意阅读。

关于诗体，我们应坚持多种诗体并存。即无论古体、今体，无论律绝词曲，无论三言、四言、五言、六言、七言、杂言，只要是诗，有读者喜爱，就都应加以欢迎，给以发表，真正做到百花齐放。

这样做有利于发挥各类诗词作者的聪明才智，有利于满足广大读者的不同爱好。现在，我们实际流行的诗体却越来越狭窄了，几乎只是律绝和古风了，这种状况应注意改变。

适应时代特点，当代诗词还应当积极探索创造新的诗体。社会主义是一个相当长的历史阶段。既然社会主义同旧社会有诸多区别，创造出与新时代相适应的诗词新体，则属历史的必然。一些诗人、词家在创造新诗体方面进行了大胆的尝试和探索，并取得了可喜的成绩，应当给予肯定和鼓励。当然，未来流行的新诗体是什么样式，现在还难预料，但可以预料的是：受到广大人民欢迎、喜爱的新诗体，一定是合乎诗词发展客观规律的产物。我们在充分发挥现有诗体积极作用的同时，应伸开双臂欢迎新诗体的诞生。

四、实施精品战略，繁荣诗词创作

现在，社会上正在兴起一股"诗词热"。

热爱诗词的人越来越多，诗词创作队伍不断扩大；诗词组织和诗词刊物如雨后春笋；各类诗赛和诗词研讨活动频繁举办；众多的"诗集""诗典""丛书"纷纷出版。我们可以把这股"诗词热"看作是当代诗词振兴繁荣新局面行将到来的前兆。但是我们也要看到这股"诗词热"离真正的繁荣尚远。当前诗词精品仍然比较少，能够为广大人民群众喜闻乐见、广为传诵的作品更是凤毛麟角。艺术质量是中华诗词的生命。如果我们不努力提高创作水平，尽快出现更多讴歌当代、内容与艺术俱臻上乘、为人民所喜爱的优秀作品，已经出现的"诗词热"还会冷却。对此，我们应有清醒的认识。

为了把当前的"诗词热"引向真正的创作繁荣的轨道，应当实施精品战略，不论是初学者，还是修养有素的诗词家，都要树立精品意识，宁可少些，但要好些。不要以自己的作品能变成铅字可以发表为满足。要深入生活，深入群众，从实践中吸取多彩多姿生动感人的素材和灵感。在诗词创作上要有"吟安一个字，捻断数茎须""语不惊人死不休"的精神，在精益求精上下功夫。日常创作如此，参加大赛更须如此，力求创作出思想深刻、语言凝练、意境优美、催人向上的优秀作品。

为了繁荣诗词创作，我们还需要从多方面努力。

要广泛开展各类诗赛活动。经验证明，诗赛是发动群众参与、激励创作热情、锻炼诗词队伍、发现诗词新秀和涌现诗词佳作的有效方式。各级诗词组织可以根据自身条件适当举办诗赛活动。可以是全国性或地区性的诗赛，可以是综合性或专业性的诗赛，规模可大可小，形式灵活多样。无论举办哪种形式的诗赛，都要坚持正确方向和社会效益第一原则。要加强组织领导，认真搞好评选工作，坚持公开、公正、公平的原则，使诗赛真正起到推动诗词创作的作用。

要看重采风，实行采风与创作相结合。

这是贯彻实施"适应时代，深入生活，走向大众"的重要途径。我们诗词组织要善于组织学会会员和诗词爱好者到厂矿，到农村，到建设工地，到文化场所，到旅游胜地，到一切有群众、有生活、有意义的地方，去进行实地采访，以亲闻亲见的丰富素材和深刻感受作基础从事诗词创作。对成绩优异者加以表扬。

要加强诗词理论的研究和批评。目前的诗词理论研究和批评还相当薄弱，亟待加强。要拓展理论批评阵地，开展诗词评论。可以评介探讨一位诗人的创作道路和艺术风格，可以评论一部诗集的得失成败，也可以分析一首作品的优劣。通过诗词理论的研讨和诗词作品的评论，促进诗词创作的繁荣和提高。

要办好诗词报刊，加强编辑出版工作。

《中华诗词》杂志作为中华诗词学会会刊，为适应诗词事业发展的需要和广大读者的愿望，从今年1月起由双月刊改为月刊。

《中华诗词》坚持正确办刊宗旨，努力提高质量，办出特色，扩大发行。实践证明：《中华诗词》是诗词创作的园地，诗词学术的论坛，联系读者的纽带，国际交往的桥梁，已成为广大诗词家和诗词爱好者的良师益友。我们希望各地诗词组织给这个刊物以更多关注和支持，帮助做好组稿和发行工作，希望全国广大的诗词爱好者都能够读到这个刊物。

中华诗词学会最近组建了图书编著中心，有计划地组织编辑兼具社会效益和经济效益的诗词专著与系列丛书，推动诗词创作活动。我们希望各地诗词组织加强对其所属报刊出版物的指导和帮助。着眼于诗词事业的振兴和发展，我们对社会人士兴办的诗词出版物，要尽可能给以必要的关注和支持。

五、大力普及诗词事业

中华诗词是具有民族特点为人民喜闻乐见的文化艺术，是传播先进思想增进国民文化素质的有力工具，当代诗词更是促进社会主义精神文明的重要组成部分。我们的目标是：凡有人群的地方，都应有当代诗人活动的足迹，都应有中华诗词的吟唱和影响。

中华诗词学会现有会员近万名，单位会员近200个。各省市及不少地、县都已建立诗词学会，基层诗社也已有相当数量。各种诗词组织成员总数约计不下百万。数量如此巨大的诗词队伍，在中国诗歌史上从未有过，它是改革开放以来社会主义文艺事业趋向繁荣的一个重要标志。我们应当珍惜现有成就，发扬成绩，克服缺点，同心同德，努力奋斗，争取为振兴当代诗词作出更大贡献。

但是不要忘记，中国是一个具有数千年先进文化的著名诗国，又是一个具有十三亿人口的社会主义大国：在我们国家里，诗词爱好者何止百万千万！况且，由于经济的发展、教育的普及和生活的改善，人民对诗词的需求在日益增长，社会主义物质文明和精神文明伟大的建设工程也在向当代诗词创作不断提出新的要求。同这些因素比，我们可以清醒地看到，中华诗词的现有规模和影响，还显得十分狭小，还存在着很大的差距。更何况，从现有诗词组织成员的年龄状况看，青年人太少，有的组织甚至有"后继无人"之虞；从诗词组织的分布状况看，若干地区和单位还是空白。因此，我们没有满足现状的任何理由。从现在起，我们应当树立诗词大普及的雄心壮志，即经过相当时期的努力奋斗，使诗词组织遍布城乡，把一支适应中国国情和当代需要的更为广大更高水平的诗词队伍建设起来，让诗词影响达到我们伟大祖国的各个角落。

让诗词进入大中小学校园，是普及诗词事业和预防"后继无人"的重大举措。这项举措，是为了配合人文素质教育，中华诗词学会与著名学者、专家共同提出来的。我们曾连续举行两届诗词研讨会加以贯彻。教育部对诗词进入大中小学表示支持，各地诗词组织、教育部门和许多大中小学的领导及老师热烈响应。大家认识到，中华诗词对培养人的高尚道德情操具有不可替代的教育功能，让诗词进入校园是培育人文素质的需要，也是中华诗词事业繁荣昌盛的希望所在。

去年，我们在杭州召开了首届创建诗词之乡和诗教先进单位经验交流会。经验证明，诗词进入校园和创建诗词之乡，对普及诗词知识，活跃文化生活，增进人文素质，大都收到了显著效果。当前，我们要善于因势利导，加强工作，使诗词在校园和广大地区扎根、发芽、开花、结果。

当务之急是培养师资。全国中小学教师多数不熟悉诗词，精通诗词的更少。为了提高诗教质量，发展诗教成果，我们要同教育部门联合采取多种方式，大力开展对诗词师资的培训工作。对与诗词发展密切相关而又不熟悉诗词的报刊编辑和其他有关人员，也应采取适当方式帮助培训。

　　培训方法，各地可以因地制宜。凡诗词造诣较好的诗人，都可以充当诗教老师。这方面，江苏扬中、山东昌邑的诗词组织都有比较成功的经验。他们都是由会员给老师讲课，老师学了后又给学生讲课，有时他们还直接给学生讲课。这是当前最易行、最简单、最有效的方法，各诗词组织可广泛采用。我们还可利用学校放寒暑假期间，与教育部门合作开办诗词师资培训班。中华诗词学会正在筹办诗词培训中心，面向社会招生，使培训工作经常化。《中华诗词》杂志，可开设培训专栏，选登有关诗教的文章。我们还可以编一部专供培训师资的教材和自学丛书。

　　现在，一些地方以当地诗词组织为基点，逐渐向空白城镇乡村发展，形成了遍布城乡的诗词组织网络。全国已有三十多个县市开展了创建诗词之乡的活动，把它看作是精神文明建设的重要组成部分。这些做法都很好。我们要加以积极引导，热情支持，保证普及诗词活动健康蓬勃地发展。

　　为了实现诗词大普及的宏伟目标，要充分发挥现有诗词组织的积极作用。现有诗词组织应成为发展新会员、建立新组织的"酵母"、"媒介"和前进基地。所有诗词组织都应把发展新会员和建设新组织列为自己必须完成的首要任务。要因地制宜，各自向其周边的空白地区和空白单位做调查，做工作，帮助这些地方把诗词组织建立起来。有关部门要把关注和扶植、指导这些新建组织的工作跟上去。

　　为了诗词事业的蓬勃发展和后继有人，无论发展新会员或是建立新组织，要适当注意年龄条件，避免老化。青年会员比较集中的单位可建立青年诗社，多开展适合青年特点的诗词活动。各级诗词学会可建立青年工作部或增设青年委员，加强对青年会员的指导和团结。

要合理掌握新会员的入会标准，既要保持诗词组织的一定水平和威望，又不要犯关门主义，把应入会者拒之门外。中华诗词学会作为全国性诗词组织，其入会标准宜从严掌握。为此，在一般情况下，我们发展新会员实行由当地诗词组织择优推荐的办法。各地诗词组织的入会标准可自行掌握。如何帮助诗词初学者是个值得重视和加以研究的问题。大、中、小学的千百万学生多是诗词初学者，亿万工农兵和干部中的诗词爱好者也大多是诗词初学者。一句话，诗词初学者是一个数量巨大的社会群体，是诗词队伍的后备军，其中许多人还会成为未来诗词的骨干和名家。做好初学者工作意义深远，不容忽视。我们对初学者既不能拒之门外，也不能以学诗的困难吓住他们，使他们不敢入门或入门后又退居门外。我们应当采取循循善诱和循序渐进的方法，把他们引进门来，让他们怀着浓厚兴趣，由浅入深，由低到高，逐步接受诗词的教育和熏陶。初学诗词的要诀是多读勤练。俗话说"熟读唐诗三百首，不会吟诗也会吟"，我领会这句话深意在培养"诗感"，如学英语要培养"语感"一样，诗词初学者有了"诗感"，就较易区分"诗味"和"顺口溜"，那么学诗就容易入门了。

为此，我建议我们学会编一部专供初学者阅读的《初学入门》工具书。我们还可深入基层，摸索点帮助初学者学会诗词的具体经验。

六、把诗词组织建设好

把诗词组织建设好，是诗词振兴的基础和保证。

诗词组织，包括各级诗词学会和诗词社团，其共同任务应当是：

1. 帮助会员懂得中华诗词的发展史、继承与发展的辩证关系，不断提高诗词鉴赏水平与创作水平。

2. 推动会员深入生活，联系群众，积极从事诗词创作，为促进精神文明作贡献。

3. 立足诗词、面向社会，致力于扩大中华诗词的社会影响，与社会群众和诗词爱好者建立广泛联系。

4. 发展新会员，不断壮大诗词组织。

总之，我们要把诗词组织建设成为诗人之家，诗词创作园地，诗词爱好者的良师益友。

应当肯定，当代诗词组织中大多数成员是好的和比较好的。他们热爱诗词，努力学习，积极创作，为精神文明建设作贡献，不少成员已具有较高水平，成为发展当代诗词事业的骨干力量。对于作出突出贡献的诗词组织和个人，应进行表彰，并注意总结推广它们的先进经验。表彰先进，带动中间，激励后进，应当成为我们诗词组织重要的领导艺术。近年来，许多诗词组织在开创"诗词之乡"和"诗教先进单位"，收到了"典型示范"和"个别指导与一般号召相结合"的良好效果。今后我们要继续坚持和推广这样的工作方法。

毋庸讳言，在一些诗词组织中，还有些有名无实的挂名会员，个别人甚至打着会员旗号违法乱纪。我们有必要以教育为主，辅以必要的组织整顿，达到纯洁和活跃诗词组织的目的。我们考虑选择适当时机，对中华诗词学会会员进行一次重新登记。中华诗词学会的单位会员和各地诗词组织，也可针对本组织内部存在的问题，采取适当措施，实事求是地加以解决。

中华诗词学会任重道远。为增进团结和提高效率，我们正在采取措施，加强机关内部组织建设和思想建设。对工作人员今后拟实行考试聘用制；广纳贤才。我们诚恳地希望同各地诗词组织和诗界朋友密切合作，共同推进诗词事业，同时希望更多得到大家的监督和批评。

同志们！诗友们！我们这次浏阳工作会议是一次学习和贯彻落实十六大精神，深化改革，与时俱进，开创社会主义时代诗词新纪元的进军大会。我们的事业是光荣的，也是艰巨的。让我们在马列主义、毛泽东思想、邓小平理论和"三个代表"重要思想的指引下，紧密团结，奋勇向前，为振兴中华诗词，建设社会主义先进文化，全面实现小康社会作出应有的贡献！

谨用一首小诗作结束语："回归诗国振诗风，共举吟旗作远征。全面小康真盛世，桃源处处起歌声。"

《中华诗词学会通讯》2003年第2期

| 论文 |

为校园诗教唱赞歌

南京全国校园诗教经验交流会的主题是交流诗教工作经验,推动诗教工作更广泛更深入地向前发展。这是继杭州经验交流会之后的又一次重要会议。

经过两天来的共同努力,会议已取得成功,我代表中华诗词学会由衷地表示祝贺!

我完全赞同中华诗词学会顾问、江苏省诗词协会会长凌启鸿的开幕词,中华诗词学会副会长梁东的主题报告和中华诗词学会名誉会长、当代著名科学家杨叔子院士的学术报告,诸位代表的大会发言也使我获益匪浅。下面,我想说点个人体会,请同志们批评指正。

让诗词进入大中小学校园,加强诗教,是对学生进行人文素质教育的重要举措。

几年来,在各级党政领导、教育行政部门和诗词组织的共同努力下,诗教工作已取得了初步成绩。

思想是行动的先导。诗教工作的首要成就,是在各级党政领导和教育行政部门中,在许多学校的师生员工中,引起了对诗教的重视。大家认识到,中华诗词是植根于民族精神、民族语言和民族风尚,思想性与艺术性相统一的先进文化,具有其他文学样式难以替代的教育功能和艺术魅力。新社会不同于旧社会,我们不需要以诗取士,却需要以诗育人。中华诗词是建设精神文明、进行爱国主义教育和提高人文素质取之不尽的丰富资源，在各级学校中进行诗教，有助于帮助学生陶冶情操，活跃思维，发展个性，增强创造力，提高综合素质，是以德治国，培养社会主义新人的伟大灵魂工程。这样的认识非常重要，是诗教工作得以起步和持续发展的基本条件。

加强诗教，以诗育人，适应了广大师生的共同愿望，受到他们的普遍欢迎和喜爱。

凡已经开展诗教的学校，青少年中读诗、用诗、写诗，大都形成热潮。一些诗作虽然稚嫩，却是胎儿落地令人欣喜的第一声啼哭。一些诗作是"小荷才露尖尖角"，展露了才华。若干诗作达到了一定水平，陆续被报刊发表或进入诗词选集。丰富多彩的诗教活动也活跃了校园的文化生活，为形成优良学风、校风作出了贡献。

苏东坡说："腹有诗书气自华。"从诗教先进单位的实际情况看，诗教对提高学生的文化素质已经或必将收到显著效果。例如：在诸多有关诗词及其名句的启示和熏陶下，学生中勤奋学习的空气更浓厚了，团结增强了，打架斗殴的少了，乱丢饭盒浪费粮食的现象少了……

由于诗词语言的精练、形象、生动，诗教对提高学生的语文程度，打好各科学习的基础，也产生了良好效果。不消说，随着诗教广泛深入地发展，其效果也必会日益明显。

诗词进入校园，加强诗教，其成功经验，可概括为如下各点：

一、让学校领导和广大师生首先懂得加强诗教以诗育人的重要性，并采取措施，加强领导，如建立组织，专人负责，形成制度，等等。

二、把诗教纳入教学计划和考试计划。

三、培训师资。有关教师可短期进修，集体备课，请人辅导。

四、在小学生中可以吟唱和背诵为主。在中学生与大学生中，可提倡学诗与写诗并重，但需遵守自愿原则，并对学诗写诗者给以具体指导。

五、课堂讲授诗词与课外诗词活动相结合。可建立以学生为主体的诗词社团，开展适合学生特点的诗词活动，诸如诗赛、知识问答、讲座、采风等等。

六、为学生提供学习诗词和创作诗词的条件、园地。诸如编写教材、举办报刊、向校外报刊投稿等。

七、创设诗化校园的环境和氛围。

八、勤俭节约，合理解决人财物的实际困难。相信"老大难，老大重视就不难"。

以上八条，是就校园诗教说的。实现这八条，并非易事，但经过努力，可以做到。

就一个地区或一个城市的诗教工作而言，党政领导、教育行政部门和诗词组织须同心同德，密切配合，善于实行"个别指导与一般号召相结合"的领导艺术。我非常赞赏江苏省的做法。江苏的同志认为，诗教是整个教育事业的重要组成部分，只有依靠党委、政府的领导重视，教育部门的大力支持，诗词组织的勤奋工作，才能富有成效地开展起来。他们是这么看的，也是这么做的。江苏省首先把扬中市培养为诗教工作的先进典范。然后，他们在扬中市召开现场会，请各县市教育局长、诗词组织负责人参加，有声有色地介绍推广扬中市的先进经验。就这样一下子全面开花，在全省规模上把诗教工作蓬蓬勃勃地发展起来。

往前看，诗教工作任重道远。诗教工作要不要持久？能不能持久？回答应当是肯定的。

第一，诗词本身的固有特性决定了诗教工作的必要性和长期性。正如毛泽东同志所说："旧体诗词要发展，要改革，一万年也打不倒。因为这种东西，最能反映中华民族和中国人民的特性和风尚，可以兴观群怨嘛，怨而不伤，温柔敦厚嘛……"而且实践证明，五四新文化运动中曾经宣布被打倒的中华诗词实际上却打而不倒：五四过后没多久，一些人便"勒马回缰写旧诗"了。鲁迅、毛泽东等人的诗词创作成就更达到了新的历史高度。由此可见，中华诗词将与中华民族共存共荣，长期发挥诗教的作用。

第二，青年人追求真理、积极、热情、富于理想的特点，同诗词言志缘情的特点相一致，最易于接受中华诗词。即是说，青年一旦接触诗词，便容易爱上诗词，并永结诗缘，终生受用。古往今来，诗人大多还在青少年时期便同诗词结缘。诗教所以为广大师生所欢迎、所喜爱，也恰恰证明，诗教同广大师生的心理特征的一致性。

第三，青年是我们祖国的未来和希望，同时也是中华诗词的未来和希望。青年作为社会主义事业的接班人，即社会主义新人，必须德智体美全面发展。而具有先进文化特性的中华诗词则是发展德智体美的动力和条件。由于诗词是中华艺林中以深厚文化底蕴为根基的高雅艺术，我们不奢望年轻人都会作诗，但要求年轻人能懂诗爱诗，接受诗的陶冶，也希望愈来愈多的人进入诗词创作行列，成为诗人，甚至会涌现当代屈原、李白、杜甫、白居易、李清照……在校学生并非生活在脱离社会群众的孤岛上面。

青年在校期间，其所接受的诗词影响自会向其周围辐射，成为向社会群众普及诗词艺术的酶体和纽带。而且，随着一批批毕业生走向社会和诗词事业的繁荣昌盛，诗词事业"后继无人"之虞将不复存在，中国在世界民族之林中将永葆泱泱诗国的崇高荣誉。因此可以说，我们今天已经兴起的校园诗教工作将持续发展，经久不衰，具有深远的历史意义和伟大的战略意义。

以上，我说了这么多，中心意思只有一点，即校园诗教这条路子我们走对了。今后，愿我们同心同德，再接再厉，在总结经验的基础上，沿着这条路子继续走下去，力争取得更多的成就。

《中华诗词学会通讯》2004年第1期

全国第十八届中华诗词研讨会开幕词

全国第十八届中华诗词研讨会的主题是：以党的十六大精神为指导，研究当代诗词如何在继承中华诗词优良传统的基础上与时俱进、开拓创新，让当代诗词富有时代精神；研究如何实施精品战略，促进创作繁荣，使当代诗词更好地为社会主义现代化事业服务。

在党的正确路线的指引和各级党政领导的关注、支持下，经过全国诗词组织和广大诗友的共同努力，中华诗词多年来一直在蓬勃发展，现在社会上已经开始形成一股"诗词热"。其主要表现是：热爱诗词的人越来越多，诗词创作队伍不断扩大；诗词组织和诗词报刊如雨后春笋，《中华诗词》杂志越办越好，发行上升；建设"诗词之乡"和诗词走进校园的活动深入人心，健康地发展，诗教在培育民族精神增进人文素质方面发挥着日益显著的作用。更令人欣喜的是，诗词工作越来越受到各地党政领导的关心和重视。社会主义建设需要经济与文化同时并举，而诗词成为提高文化品位的重要标志。因此，一些地区和城市，把诗词事业列入其整体发展规划中，并给予足够投资。例如努力创建诗墙、诗城、诗乡、诗词博物馆等。这既是"诗词热"的重要标志，也是诗词事业振兴和繁荣的重要条件。中华诗词"言志抒情"的艺术特点及其"兴观群怨"的社会功能，与今天的时代特点相结合，是形成"诗词热"的根本原因。今后，只要我们方向对头，工作得当，这种"诗词热"就会持久发展，长盛不衰，对此我们要有足够的信心。同时，我们也要清醒地看到，当前的"诗词热"还较为表面，离繁荣诗词创作的目标尚远。为了推进诗词事业的发展，把"诗词热"引向繁荣诗词创作的轨道，我们还要做许多艰苦的工作。

我们要正确认识和处理继承和创新的辩证关系，让当代诗词具有时代精神。中华诗词有着数千年的历史，源远流长，博大精深。对中华诗词的优良传统和成功经验，我们必须加以继承。但是，继承是为了创新和发展。"诗文随世运，无日不趋新"。历史上每一个时代都孕育并产生了与之相适应的诗词家和诗词作品。今天，我们已处在人民当家做主，自觉建设新生活的社会主义时代，今天的诗词创作需要与时俱进，开拓创新，以丰富多彩的新题材、新思想、新语言、新声韵反映现实生活，创作出具有鲜明时代特点的诗词作品来。不与时俱进，脱离现实，脱离群众，当代诗词就没有生命力，就谈不上振兴和繁荣。毛泽东诗词之所以脍炙人口，广为流传，成为传统诗词发展的一个高峰，就在于他的诗词作品把革命与建设的时代精神和高超的艺术技巧完美地结合起来，值得我们认真学习和借鉴。

繁荣诗词创作，还必须实施精品战略。

诗词的振兴和繁荣，不仅要看诗词作品数量多少，更要看诗词作品质量如何。从当前诗词创作的状况来看，精品较少，而为广大人民喜闻乐见、广为传诵的"千古绝唱"更是凤毛麟角。艺术质量是中华诗词的生命。如果我们仅仅满足于创作队伍的扩大，作品数量的增加，而忽略作品质量的提高，不能创作出更多更好的讴歌时代、思想性与艺术性完美结合的作品，那么，我们的诗词创作不仅不能繁荣，已经出现的"诗词热"还有可能转为冷却。对此，我们要有清醒的认识。不论是初学者，还是诗词家，都要自觉树立精品意识。要努力学习，不断提高文学修养。

要深入生活，从中吸取多姿多彩生动感人的素材和灵感。要精益求精，力求创作出思想深刻、语言精练、意境优美、催人向上的优秀作品。诗词报刊要加强诗词评论，不断推出诗词精品，使之流传。

加强诗教和培养诗词人才，是振兴诗词事业、繁荣诗词创作的根本措施。让诗词进入大、中、小学校园和培养诗教先进单位的工作要同教育行政部门密切合作，积极推进。对青少年中涌现的诗词"尖子"，要加以爱护和培养。最近，我看到作家出版社出版的一本诗集，作者是一位16岁的少年，名叫程羽黑。由于他的作品达到了较高的水平，被人们誉为诗界神童。程羽黑从小就热爱古典文学，阅读和背诵了大量的诗词名篇，为他的诗词创作打下了深厚的文学功底。

这件事给我们以深刻的启迪，它告诉我们，学习中华诗词并不是有些人想象的那样神秘可怕，高深莫测。在青少年中普及诗词知识，培养诗词人才，只要方向正确，方法得当，循序渐进，由浅入深，持之以恒，是不难取得显著成效的。对于程羽黑学习创作诗词的事迹和经验，我建议有关教育行政、诗词组织和诗词报刊认真进行研究、总结，实事求是地加以宣传推广。对程羽黑本人，要珍惜他的天赋和特长，因材施教，循循善诱，给予适当帮助和指导，使他沿着正确的方向健康成长。我想，我们做好这件事，对于加强诗词队伍建设，培养青少年诗词人才，解决诗词事业后继乏人的问题，具有重要意义。

最近翻阅报章杂志，读到西方哲人涉及中国的两则评论，特抄录如下：

一则是：20世纪初，英国大史学家汤因比（1889—1975年）曾说过:"19世纪是英国人之天下,20世纪是美国人之天下,21世纪是中国人之天下。"他又说:"未来岁月,中国能以自己的文明为核心,通过强行军,在科技领域赶上西方,完全能创建出一种不同于西方的现代文明,从而成为使世界走向大同的地理和文化的主轴。"一则是:1988年,欧洲有75位诺贝尔科学奖得主在宣言中讲道:"最近500年,世界进步很快,源于欧美的科技进步;今后的500年,人类要活得有尊严的话,就必须回到2500年前,到东方孔子的文化教育中去寻找智慧。"

看来,世界已经把关注的目光转向中华文化。主张"不学诗无以言"的孔子,不但是中国古代大思想家大教育家,而且对中华诗词的整理和传承作出了巨大贡献。中华诗词由于自身特有的民族性和艺术性,不仅一万年也打不倒,而且必然随汉语的广泛使用走向世界。

朋友们!21世纪将是中华诗词大有作为再创辉煌的世纪。振兴中华诗词,任重道远。让我们与时俱进,继往开来,发扬时代精神,实施精品战略,为中华诗词的长期繁荣和走向世界而努力奋斗吧!

《中华诗词学会通讯》2004年第2期

|中兴诗国赖群贤|

继往开来，同心奋斗，重振诗风

今天，大家从全国各地聚会首都北京，参加中华诗词学会第二次全国会员代表大会。十七年前，1987年5月31日（农历五月端午节），中华诗词学会第一次全国会员代表大会在北京召开，中华诗词学会正式成立。这是我国数千年传统文化在新的历史时期伟大复兴和蓬勃发展的重要标志，是我国文化界一件具有深远影响的大事，是我国诗坛的盛举。中共中央政治局委员习仲勋到会祝贺并作重要讲话。他郑重指出："成立中华诗词学会，这是一件大好事。过去，我们从来没有这样一个诗词组织。现在，把这个空白补起来了。""对我国古典诗词这一优秀的文化遗产，不仅要努力加以抢救和研究，一定要不断创新，使我国的古老文化能够发扬光大。这是摆在我们面前的一个重大任务。"从那时起到今天，中华诗词学会已经度过了十七个寒暑。现在请允许我向大会报告中华诗词学会十七年来的工作情况，若干经验教训，以及今后进一步发展中华诗词事业的意见和设想，请代表们予以审议。

一、中华诗词学会十七年工作回顾

中华诗词学会成立以来的十七年，是很不寻常的十七年。创业伊始，条件十分困难。最初挂靠在中国民间文艺研究会，1991年6月改归中国作家协会领导，1991年10月在民政部办理了全国性社团登记证。学会成立后既没有正式编制，也没有国家拨款，连办公地点都没有。首任会长钱昌照先生把他私人的一所旧居四合院捐赠给学会作为永久性办公地址。各地诗友用筹募资金或其他方式给学会以支持。2000年在朱镕基总理的关怀下，财政部给学会拨了300万元，作为中华诗词发展基金的本金，并为学会增加部分办公用房。在艰苦的条件下，学会的工作班子和各地学会的同志们一起，十七年来，主要做了两个方面的工作：一是务虚，二是务实。务虚，就是解决思想理论问题，为恢复中华诗词在群众文化生活中的应有地位，为确立中华诗词在文艺格局中的应有地位，大声疾呼，细致讲理，使诗词事业从被人们所轻视、所歧视，逐步转变为被越来越多的人所重视、所理解、所参与。务实，就是为繁荣诗词创作、壮大诗词队伍，为发展诗词的编辑出版、评论研究事业，为诗词进校园和进网站等等，办实事。虚和实是分不开的，我们办的许多事都是虚和实的结合。为了叙述的方便，我们分头就这两个方面的工作向代表作简略的汇报。

（一）正本清源，把中华诗词从形而上学、民族虚无主义的禁锢下解放出来，重新确立诗词在群众文化生活和社会主义精神文明建设中的应有地位

我国是诗的泱泱大国。中华诗词源远流长，精美博大。它既是我国文学宝库中璀璨的瑰宝，也是中华民族精神的瑰丽花朵。

但是，五四新文化运动对封建文化发起猛烈冲击的同时，也出现了形而上学和民族虚无主义的偏颇。五四新文化运动对传统诗词存在的思想陈旧、脱离生活、热衷用典、无病呻吟等弊端，给予批判是完全必要的。这种革命的批判精神值得永远继承。然而，当时部分先驱者对传

统诗词毫无分析地一律扣上"封建文学、贵族文学、山林文学"的大帽子，断言诗歌要一律废除格律，甚至把格律诗、骈文和缠小脚相提并论，认为它们是"同等的怪现状"。这一切造成了严重的消极影响，以至五四运动以后几十年间，中华诗词一直处于被冷落、被歧视、被压抑的困难境地。时至今日，还有人将中华诗词称作"封建文学""夕阳文学"，认为传统诗词无法反映当代生活和当代意识。

　　克服五四新文化运动中出现的形而上学的偏颇，纠正人们对民族文化传统，特别是诗词传统的轻视，这个工作不是从中华诗词学会成立之后才开始的。早在20世纪40年代，以毛泽东为首的中国共产党人就科学分析了五四运动的伟大历史功绩和不足之处，倡导建设"民族的、科学的、大众的"新文艺。特别是在长期的革命斗争实践中，毛泽东、陈毅等老一辈革命家写出了许多气壮山河的旧体诗词，证明了古老的格律诗体完全能够表现时代的新生活。在和"四人帮"的斗争中，人民群众找到了诗词这种载体，写出了大量揭批"四人帮"、歌颂老一辈革命家的感人诗章。可以说，经过半个多世纪的实践检验，已经证明了诗词是打不倒的，它绝不会在我们这个时代被抛进历史博物馆，必定会随着历史的前进而获得新的生命。中华诗词学会成立以来，在前人努力的基础上，我们会同各地的诗友，会同各界的有识之士，为恢复诗词的历史地位和社会地位，为破除对诗词的历史偏见和现实偏见，做了大量工作。特别是1994年，新创刊的《中华诗词》在其《发刊词》中，充分论述了传统诗词的历史地位和作用，并对五四新文化运动冲击传统诗词的功过是非做出了实事求是的科学分析。这篇言论受到《人民日报》的高度重视，加以全文转载，在全党和全国人民中起到了正本清源的积极作用。21世纪初，许多同志不约而同地提出，当代诗词和其他文艺形式一样，也要"三入"（入史、入校、入奖）。2001年初，根据党的文艺方针和诗词发展的现状，中华诗词学会经过反复讨论，制定了《21世纪初期中华诗词发展纲要》，在诗词界引起强烈反响。通过十七年的艰苦工作，中华诗词应有的社会地位和作用，已经被越来越多的人所承认；许多优秀的当代诗词作品反映时代生活的主流，反映广大人民群众的心声，反映历史发展的大趋势，使许多人越来越看清传统诗词是一棵有着深厚文化底蕴和群众基础的常青大树，完全可以适应新的时代；诗词队伍越来越大，有老年，也有青年，甚至还有少年儿童；诗词活动的规模越来越大，层次越来越高，影响越来越显著；党政领导和文艺部门越来越关注中华诗词事业的发展；社会各界的支持力度越来越大，形势是很好的。

（二）为发展和繁荣中华诗词事业办的若干实事

1. 积极而谨慎地发展中华诗词学会单位会员和个人会员，壮大诗词队伍，从组织上保证中华诗词事业的发展

目前，中华诗词学会会员已达11180人，单位会员202个，加上各地方诗词组织、会员、积极分子，诗词爱好者总计约达百万之众。可以说，作为有组织的诗词团体及其成员的数量，今天要远远超过历史上的任何时期。诗词队伍的老化现象有所缓解，中青年作者，尤其是大、中、小学学生开始大量参与进来。诗词的社会覆盖面不断加大。诗词事业的群众基础越来越广泛而坚实。

2. 举办全国中华诗词研讨会，探讨当代诗词在发展进程中所遇到的重大理论和实际问题

十七年来，中华诗词学会先后在岳阳、三水、洛阳、桂林、衡

阳、南郑、济南、银川、重庆、昆明、石河子、武汉、深圳、合肥、儋州、赤壁、北戴河、广东阳江举办了十八次全国诗词研讨会，出席人数共达3000多人次，发表论文近3000篇，1000多万字。研讨会的论文集，已成为宝贵的学术成果和精神财富。这种研讨会，参加者多为大学教授、科研所研究员、海内外著名诗词专家、学者和诗词工作者，所体现的学术水平也越来越高，不仅提高了思想认识，团结了诗词队伍，而且大大促进了诗词创作和诗词理论研究的发展。

3. 举办诗词大赛，催生优秀诗词作品和诗词人才

十七年来，学会同若干部门、诗词组织先后举办了首届中华诗词大赛、"李杜杯""鹿鸣杯""回归颂""世纪颂""嵩山杯""嗣同杯""钟山杯""轩辕杯""群玉杯""秦皇杯""红豆相思节"及纪念毛主席诞辰一百一十周年、纪念邓小平诞辰一百周年等多次诗词大赛，都收到了良好的效果。1992年12月举办的首届中华诗词大赛，在短短的两个月中就收到应征诗词近十万首，参赛者来自全国31个省、市、自治区和台港澳地区以及美国、德国、日本、意大利、新西兰、马来西亚等国家，参赛人数之多，规模之大，可谓空前。"回归颂"的参赛者达24000余人，应征作品50000多首，境外参赛作者来自十八个国家，是中华民族凝聚力的一次生动体现。江苏无锡红豆集团斥资百万开展"红豆相思节"诗词大赛，一等奖奖金二十万元，震动了整个中国文坛，令人对中华诗词刮目相看。纪念毛主席诞辰一百一十周年征文大赛颁奖大会上，台湾省台北市松山奉天宫南乐团演唱毛主席的诗词，也很令人瞩目。这些诗词大赛总计有数十万诗词作者和诗词爱好者参加，参赛作品近百万篇，推动了诗词创作，选拔了优秀诗词作品，发现了杰出的诗词人才，扩大了诗词的社会影

响，大大促进了中华诗词事业的发展。

4. 广泛深入持续地开展了中华诗词走进大、中、小学校园，以及评选诗词之乡、诗词之市、诗村和诗教先进单位的活动

到目前为止，已评选出福建南安市贵峰诗村，湖北黄梅县，海南儋州市，山东昌邑市，湖南汉寿县、浏阳市、宁乡县、涟源市，湖北赤壁市、洪湖市，江苏扬中市，江西靖安县，黑龙江望奎县等十三个全国诗词之乡，湖南常德市、广东阳江市两个全国诗词之市以及福建三明一中、深圳南头中学、江苏高邮川青小学、湖南澧县一中、广东梅县高级中学、山东昌邑市实验学校、山东青岛经济技术开发区崇明岛路小学、浙江经济职业技术学院、湖南常德诗墙、安徽铜陵有色金属公司建安小学十个诗教先进单位，并在杭州、南京召开了全国诗词之乡、全国校园诗教经验交流会。这些举措，发挥了中华诗词提高国民人文素质、培育和弘扬民族精神的作用，缓解了诗词队伍老化、后继乏人的尖锐矛盾，也找到了一条让中华诗词走向大众的正确途径。

5. 实施精品战略，加强诗词书刊的编辑出版

《中华诗词》杂志自1994年7月创刊，由季刊一变而为双月刊，由双月刊再变而为月刊，订数由最初的两三千份增至目前的25000份，已跃居全国诗歌报刊的首位。十年来，《中华诗词》发表了近2万首诗词和780多篇约200万字理论文章，不断推出优秀诗词和优秀诗词人才，为繁荣诗词创作作出了重要贡献。

诗词精品图书的编撰出版工作，一直被学会看成是推出优秀作品和优秀诗词人才、发展中华诗词的重要环节。学会成立以来，先后组织专家编撰出版了《中华诗综》《中华词综》《中华曲综》《当代中华诗词集》、历届全国中华诗词研讨会论文集以及《中华诗词十五年年鉴》（1987—2002年）、《中华诗词年鉴》（2002—2003年）、《中华新韵》《〈中华诗词〉十年作品选》《〈中华诗词〉十年评论选》等。2003年3月，中华诗词学会图书编著中心正式成立，开始有计划地编撰出版全国各地诗词作者的作品集和论著，目前已编辑出版十多部诗词选。它的编撰出版范围还将逐步扩展到近代诗词丛书、诗词学术丛书等。

近十多年来，各省、市、自治区诗词组织以及很多县、乡、镇等基层诗词组织创办的诗词报刊，据不完全统计，已近600家，共同造就了当前中华诗词创作空前活跃的局面。

6. 积极开展诗词培训工作，造就和提高诗词人才

中华诗词杂志社，以《中华诗词》杂志为阵地，持续开展函授、笔会、改稿等培训活动。到目前为止，已开办函授4期、笔会、改稿会6次，参加人数达1500人次，发表经导师点评的作品3500篇。2003年2月，中华诗词学会教育培训中心正式成立，目前正积极筹备第一期函授招生。

7. 积极筹组中华诗词基金会

中华诗词的发展，需要正确的路线、方针，需要强有力的组织保证，也需要有一定的资金。前面说到，承蒙国家关怀，我们已拥有300万元基本金。最近，学会在积极寻求海内外热爱诗词事业的社会贤达的支持，可望在不久的将来，把中华诗词基金会正式建立起来，从财力上保障中华诗词事业的发展。

十七年来，中华诗词学会做了一些有益于诗词发展的工作。但存在的问题也不少。就整个事业的发展来讲，目前创作的数量很大，但精品力作仍然很少。如何提高创作水平，如何促进精品力作的产生，

这是当前摆在诗词界面前的严峻问题。和前一个时期比较起来，青年诗词作者在增多，但直至目前为止，学会的各项活动，仍以壮年老年人为参与的主体。如何吸引更多的青年同志参与诗词活动，使诗词真正成为老中青所共同喜爱的艺术，这也是一个亟待解决的问题。就学会的日常工作来讲，还存在无序、拖拉、不够严谨等缺点。我们的班子总的说来是团结的，也存在着若干影响团结的因素。这些都有待于今后加以改进。

二、对十七年来基本经验的思考

十七年来，我们和全国诗友一起，品尝过成功的喜悦，也品尝过失败的辛酸。从实践中我们深深体会到，要健康地发展和繁荣我们的诗词事业，必须认真解决好下面几个问题。

（一）继承传统和改革创新的关系

发展和繁荣中华诗词，必须认真继承民族文化的优秀传统，首先是中华诗词的优秀传统。对于诗词创作来讲，继承不是目的，目的在于创新，在于创造出反映新时代、反映人民新的思想感情的新诗词。毛泽东在1965年夏天说过："旧体诗要发展要改革，一万年也打不倒。"他断言诗词是打不倒的，但这有个前提，即"要发展，要改革"。如果凝固了、僵化了，它还是会被打倒的。

诗词创新，首先是内容上的创新。诗词家和一般的作家一样，要深入生活，从生活中吸取创作素材和创作灵感。要善于运用前人所积累的艺术经验和前人所创造的艺术形式，表现时代的新内容。要有新的语言、新的意蕴、新的内涵。如果说叙事艺术的重要目标是塑造新的典型形象，那么诗歌创作的重要目标是创造新的诗歌意象、意境。是否创造出优美而新颖的诗歌意象、意境，这应成为衡量诗歌艺术，包括格律诗是否创新的一个重要标尺。

创新，是否意味着必须彻底打破传统的格律规范？我们觉得，不能把问题简单化。诗词格律是通过长期创作实践形成的，它需要发展，但具有一定的稳定性。不能随意加以破坏。譬如写律诗，对、粘、平仄、押韵，都是要讲究的，否则就不叫律诗。毛泽东的诗词，鲁迅的诗歌，基本上都是按照传统格律写出来的，它们都很好地表达了新内容。古人讲不能因律害意。格律可以突破，但不能废除。古典诗词和新诗的区别就在于前者有严格的格律规范。取消格律，也就取消了旧体诗。目前，音韵问题是诗词界普遍关心的问题。音韵要不要改革？汉语的发音从古到今有很大的变化，我们承认这个事实，就要尊重这个事实。押韵的目的何在？就在于使诗歌朗朗上口，好听好诵，具有音律美。如果古代韵书认为是同韵的字，今天已经变成不同韵了，我们还要死板地按照古书的规定写作，岂不费力不讨好，反倒写出不押韵的诗歌！所以音韵改革势在必行。《中华诗词》杂志公布了几个新的韵表，请诗友们试行。当然，艺术创作是不能强迫的。我们探索音韵改革，同时也在《21世纪初期中华诗词发展纲要》中提出，在音韵问题上可以实行双轨制。愿意按今声今韵写的可以尝试新韵，习惯旧韵的也可按平水韵写。大家互相尊重，谁也不要强制谁。重要的在于实践，谁在实践中写出意境动人、音调优美的好诗，谁就成功了。

诗体问题也是大家关心的。远古时期的《弹歌》是二言体："断竹，续竹，飞土，逐肉。"《卿云歌》如果不算感叹词可视为三言体。"诗三百"以四言为主,汉乐府以五言为主。到了唐朝出现了近体诗,七言诗非常盛行。长短句盛于两宋。宋之后出现了散曲、小令。考察古代诗史,可以看出人们总是不断创造新的诗体。既然古人可以创造新的诗体,为什么今人反倒不能创造?所以我们应当鼓励人们创造新的诗体。但是应当看到,新诗体的出现,并不意味着旧诗体被废止。律绝的出现,并不意味着古风被废止;曲子词的出现,并不意味着五言、七言诗被废止。一代有一代的艺术,但这并不意味着新时代的艺术必须抛弃一切过去时代的艺术形式。总之,诗词改革创新首先是内容上的创新,至于形式,不应对此提出过于死板的要求。我们要学习古人,但不应泥古仿古。要求诗词创作要有诗词的独特韵味,这是对的。要求今人写出唐诗宋词的"原汁原味",这就不对了。如果追求唐诗宋词的"原汁原味",那么读古诗就够了,何劳今人去制作假古董。所以我们既不能粗暴地把传统格律一概视为枷锁,把它们统统推倒,也不能做古人的奴隶一味地仿古复古。毛泽东说:"文学艺术中对于古人和外国人的毫无批判的硬搬和模仿,乃是最没有出息的最害人的文学教条主义和艺术教条主义",此言至今仍值得我们反复回味。

（二）普及和提高的关系

诗词是比较高雅的艺术。写作者要具备丰富的文化素养,鉴赏者也要有一定的文化水平。那么,在诗词领域,可不可以提"面向大众""走向大众"这样的口号?应当看到:1. 我们所要发展的诗词不同于旧时代的诗词,它是社会主义精神文明的载体,是为人民服务,为社会主义服务的。旧时代的许多艺术是为少数人服务的,我们的艺术是为多数人服务的。在这一点上，诗词艺术不应当有什么例外。2. 今天的群众已不同于旧时代的群众，新中国的成立，又经过了二十多年的改革开放，群众的文化水平有很大的提高。现在，不但干部知识分子写格律诗，许多农村、工厂也成立了诗社，普通劳动者纷纷拿起笔杆子，写诗、画画、练书法、写对联。面对新的时代要求和新的历史情况，要求诗词面向大众，这完全是必要的，也完全是合理的。认为诗人应当孤芳自赏，应当把"自我表现"当作最高目的，应该当"精神贵族"，这样的主张同时代的要求和党的文艺方针是背道而驰的。古人如白居易都努力使自己的诗歌达到妇孺皆晓，我们的格律诗难道不应当深入到广大群众中去？所以，我们要努力做到"雅俗共赏"。这不会降低诗词的水平，恰恰会促进我们提高诗词的感染力。

我们在上面说到，目前诗词创作的数量很大，但精品力作比较稀少。所以，在重视普及的同时，要十分重视提高，为人民提供更多的精品力作。一个时代的艺术水平，归根结底是以精品力作为标志的。一首感人至深、魅力无穷的作品，其影响大过无数的平庸之作。普及和提高不是对立的。还是一句老话：要在普及的基础上提高，在提高的指导下普及。我们要进一步把诗词普及到机关、企业、工厂、农村、学校中去，扩大诗词的群众基础，在雄厚的基础上抓提高，努力促进精品力作的产生。

（三）"二为"方向和"双百"方针的关系

繁荣诗词，必须彻底实行艺术民主。长期"左"的错误在文艺领域的突出表现，就是抑制艺术民主。"四人帮"统治时期，更是把艺术民主排斥得一干二净。新时期以来文艺领域的民主空气大大增强了,"双百"方针得到了大力贯彻。但是就诗词领域来讲,存在的问题也不少。我们有些同志往往不习惯于争鸣、竞争,一遇意见相左,总觉得是对个人尊严的损害,总想用自己的主张和自己的风格去一统天下。其实在学术见解、艺术风格上存在分歧,是很正常的。要习惯于分歧的存在,要通过正常的讨论、切磋、探索、实践,来解决这些分歧。艺术风格上存在分歧不但是难免而且是必要的。现在的诗词创作缺乏流派,缺乏不同的风格。小说中有"荷花淀派""山药蛋派""京派""海派"等多种流派,我们的当代诗词还没有形成风格迥异的多种流派。这无疑是影响诗词创作走向成熟的一个重要因素。我们可以看到,诗词界的争论,有时甚至发展成人事纠纷,把正常的观点分歧演变成人与人之间的互相攻击。譬如音韵改革,有人主张按照今天的汉语发音来制定新的韵谱,有人主张坚守平水韵。不同的见解可以争鸣,弄得剑拔弩张、誓不两立,就不好了。不论哪一种主张,都可以在实践中尝试。大家在"为人民服务、为社会主义服务"上还是一致的嘛!实行"双百"方针,就是在共同的目标下,保障学术见解和艺术风格的多样性,通过学术观点的自由争鸣和艺术创作的自由竞赛,促进我们的诗词日益走向繁荣。

  实行艺术民主,要不要有一个统一的目标、统一的方向?关于这一点,党和国家已经规定得很明确。我们的共同使命是建设社会主义精神文明,为人民服务,为社会主义服务,任何文艺工作,都不能脱离这个大框框。所以,在诗词领域既要鼓励诗人们各展个性,又要鼓励他们把个性和人民性、时代精神结合起来。我们既要保障诗人的创作自由,又要鼓励他们努力深入生活,努力反映人民的心声,努力做到为人民所喜闻乐见。现在有一种意见,认为实行艺术民主,就不能对艺术家提出要求，甚至连"为人民服务""走向大众"也不能讲，否则就是搞文化专制主义。这种见解是很荒谬的。我们的诗词组织既要努力保障诗人的艺术民主和创作自由，又要根据时代和人民的需要向他们提出积极的要求。这不是限制诗人，而是帮助诗人更好地前进。

（四）格律诗和新诗的关系

20世纪初，新诗蓬勃崛起。在后来的一段时间里，新诗一度取代了格律诗，成为诗歌舞台上的主角。格律诗在很长一段时间里受到冷落，受到歧视。文学史著作不讲现当代旧体诗，大学讲坛上也没有现当代格律诗的地位。近一个时期以来，情况发生了非常富有戏剧性的变化：被认为已经走进历史博物馆的格律诗，居然猛烈复苏，它的作者和读者，数量都大大超过了新诗。这就不能不向诗词工作者提出这样的问题：如何看待和处理格律诗和新诗的关系？

无可否认，新诗萌生的时候，一些新诗人曾经猛烈抨击旧体诗，要把它赶下历史舞台。那么今天，我们是否就要以牙还牙，也把新诗奚落一番，甚至把它轰出艺术王国？我们认为，新诗的出现，是适应了时代的要求。在几十年的历史发展中，新诗出现了优秀的代表作、优秀的代表人物，对哺育新的民族精神、鼓舞人们进行民族解放斗争和社会主义现代化建设起了重要作用。新诗是有重大历史功绩的。如果说格律诗是打不倒的，那么新诗也是打不倒的。目前新诗创作出现一些问题，有些作品脱离人民，脱离时代，甚至搞什么"下半身写作"，这是新诗感染了病毒，决不能认为新诗本身就是病毒。诗歌的品种应当多样化。有自由体，有格律体，这才能保障诗歌的异彩纷呈。所以，新诗和格律诗绝不是你死我活、誓不两立的关系，而是互相补充、互相学习、互相竞赛、同荣并茂的关系。我们的诗词工作者，应当主动地向新诗学习。必须看到，诗词界的朋友各有长处，熟悉国学，熟悉传统诗词，但也不同程度地存在着眼界不够开阔的毛病，不熟悉新文艺，不熟悉外国文化，只是站在旧体诗的小天地里看诗歌。当代著名的诗词家臧克家、刘征等都兼写新旧诗，郭沫若、郁达夫、田汉、老舍等，他们既是新文学的大家，也是格律诗的高手。中国作家协会的《诗刊》今年把格律诗的栏目从两页增加到四页。《中华诗词》杂志今年增加了新诗栏目。有识之士纷纷努力在新诗和旧体诗之间架起沟通的桥梁。我们要和新诗界的朋友们携起手来，共同弘扬民族优秀文化传统，共同繁荣当代诗歌创作。

三、今后工作的设想与展望

党中央把全面建设小康社会确定为21世纪初期全党全国的奋斗目标。诗词工作离不开这个大局。在《21世纪初期中华诗词发展纲要》中，我们曾对近期工作提出初步设想。在《纲要》的基础上，经过常务理事会进一步研究，我们认为今后几年要努力抓好以下几个方面的工作。

（一）实施精品战略，繁荣诗词创作

前一个时期，我们为纠正对诗词的歧视，确立诗词在社会主义精神文明建设中的应有地位做了许多工作。今后还要继续做工作。但是应当看到，要使当代诗词得到全社会承认，产生更大的影响，归根结底必须拿出精品力作来。精品力作的主要标准，是时代精神、先进思想、真挚情感与艺术感染力的高度统一。有了无愧于时代、能够深入

人心、广为传诵的作品，当代诗词才能真正在社会上站稳脚跟，才能更有力地促进精神文明建设。精品力作是诗词创作的优异成果。历届诗词大赛中，都不断有精品力作出现。这说明，精品力作并不神秘，经过努力是可以做得到的。总的看来，诗词创作的繁荣是产生精品力作的基础条件，而对诗词创作者个人来说，则必须反骄破满，增强精品意识，为不断提高创作质量而努力。如果说，前一个时期我们的工作重点是为确立诗词的社会地位而呼号奔走，那么现在，我们应该花更大的精力来繁荣创作，特别是抓提高、促精品、出力作。

出精品是一项系统工程。首先需要诗词家的呕心沥血，潜心创造，同时也需要编辑、出版、评论等各个方面的大力支持。有了好作品，没有人推荐，没有人宣传，"养在深闺人未识"，那么它就难以发挥应有的社会作用。我们准备今后陆续推出每个年度、每个历史时期的优秀作品选，加强对诗词新作的评论工作，使好作品及早得到社会的认可。应当看到，艺术生产有自己的特殊性，精品力作的产生有一定的偶然性。我们只能顺水推舟，不能拔苗助长。重要的是，要为精品力作的破土而出创造条件，创造良好的生长环境。诗词家要甘于寂寞，勤于磨练；诗词组织对于优秀人才既要热情扶植又要严格要求。只要我们方向对头、方法得当、真心诚意地做工作，我们的诗词园地总有一天会开出令世人刮目相看的时代奇葩。

（二）加强诗词理论研究和作品评论

创作要繁荣，事业要发展，需要强大的思想理论支持。近几年诗词评论有长足进步，但仍显得薄弱。我们不但要加强对当代诗词创作的评论，还要加强对诗词发展史、诗词美学的研究。相比于古代，现当代诗词发展史的研究尤其显得薄弱，许多领域几乎是一片空白。这要从收集资料做起，大量积累、细致梳理百年诗词发展的资料，从中追寻诗词发展的历史轨迹，引出诗词发展的历史规律。我们要坚持每年举行有质量的诗词研讨会。我们还要大力筹集资金，支持有分量的诗词学术著作的出版。

一个时期以来，一些评论、理论离开了马克思主义的科学轨道，热衷于从西方资产阶级美学、文艺学中硬搬所谓的"新观念"。这带来了文艺思潮的混乱，也影响了文学艺术的健康发展。我们要以此为鉴。诗词理论批评要坚持历史唯物主义，坚持马克思主义世界观和文艺观的指导。我们要放眼世界，吸取西方文艺研究的积极成果，但不能用西方资产阶级的世界观、历史观、价值观、文艺观取代马克思主义，作为诗词研究的指导思想。对于诗词研究者来讲，许多领域还是"未开垦的处女地"。我们在这方面是大有可为的。

（三）进一步开展诗教工作，普及诗词知识，培养诗词后备人才

近几年来，在地方有关部门的支持下，我会开展了创建"诗词之乡"和"让诗词走进大、中、小学校园"的活动，诗教工作和诗词普及工作取得了明显成效。但同建设社会主义精神文明伟大工程对诗词事业的要求相比，同人民群众对诗词文化日益增长的需求相比，还有很大差距。我们要继续深入开展诗教工作。要与地方党政领导和教育部门紧密合作，争取把诗教工作纳入地方经济和社会发展规划，让诗词以更大的步伐走向城市、农村和学校，使诗词队伍遍布城乡，从而建立一支适应中国国情和当代诗词创作需要的诗词队伍。

培养师资是诗词普及的前提条件。要认真切实地抓好师资培训工

作。要充分发挥各地诗词组织的作用，因地制宜地办好各类培训班。中华诗词学会教育培训中心要把师资培训作为一项重要任务，有组织、有计划地培养诗词教师。要积极争取与大专院校合作开办诗词教育系，面向社会招生，使培训工作系统化、经常化。在此基础上积累经验，创造条件，逐步建立一所中华诗词学院。《中华诗词》杂志要开辟专栏，选登有关诗教文章，推动师资培训工作。

（四）办好《中华诗词》和"中华诗词网站"，加强诗词著作编辑出版工作

《中华诗词》创刊十年来，坚持正确办刊宗旨和方针，努力为广大诗人、词家和诗词爱好者服务，在发表与交流优秀作品、开展理论研究与批评、发现和培养青年诗词家方面做了大量工作，为诗词创作的繁荣和诗词事业的振兴作出了重要的贡献。今后，随着诗词事业和社会主义市场经济的发展，要进一步树立精品意识、改革意识，改进办刊方式和发行办法。提高刊物质量，扩大发行数量，增强导向性、学术性和可读性，真正把《中华诗词》办成当代文学中的一流刊物。

充分发挥中华诗词学会图书编著中心的作用，有计划地组织出版兼具社会效益和经济效益的诗词著作与系列丛书，不断积累经验，争取办起一家全国性的中华诗词出版社。

建设中华诗词网站，用当代最先进的电子媒体为发展诗词事业服务。要开辟网上诗词创作园地，发表诗词作品和理论文章，交流创作信息，适应读者审美心理的新变化和阅读方式的新需求。

（五）积极稳妥地推进诗词声韵改革

几千年来，汉语的发音在不断变化。古代的诗韵著作和现实的汉语发音已经存在着许多不谐调之处，这是不争的事实。改革声韵，用今声今韵写作诗词，是广大群众和广大诗词作者的普遍要求。为了推进诗词声韵的改革，我们于2002年第一期《中华诗词》杂志刊登了由中华诗词学会委托广东中华诗词学会编写的《中华新韵府》和新疆师范大学星汉教授编写的《中华今韵》现代汉语常用韵字简表，作为当代诗词创作的试用本。经过两年多的试用，《中华诗词》编辑部广泛听取音韵学家和广大诗词作者的意见，集思广益，博采众长，编写了《中华新韵（十四韵）》，发表于今年第6期《中华诗词》杂志上。《中华新韵（十四韵）》是诗韵改革的新成果，为最终形成一部科学完善的当代新韵书奠定了基础。我们提倡以普通话为基础的新声新韵，但不强求用韵的统一。根据创作自由的原则，对采用旧声旧韵给予尊重。当然，我们也希望仍然采用旧韵的诗友，对采用新韵进行创作也给予理解，以便共同营造和维护诗词创作的宽松环境。

（六）适应社会主义市场经济的要求，积极探索诗词文化与企业相结合的路子

发展诗词事业，必须具有一定物质条件和财力支持。在社会主义市场经济条件下，如何将诗词文化与企业紧密结合起来，是摆在我们面前的一个新课题。我们要解放思想，打开思路，让诗词文化走出文艺的"象牙塔"，主动为经济、文化、旅游、教育各部门提供服务，以扩大自身影响，在提高社会效益的前提下，适当增加经济效益。这是扩大经费来源、解决资金匮乏、促进诗词事业发展的有效途径。

尽快建立中华诗词发展基金会。按照国家有关规定，基金会要建立完善的董事会和监事会制度，负责基金的管理和运作。要在充分调查研究、科学论证的基础上，确定基金会投资方向和经营项目，提高经济效益。要加强财务管理。基金会的利息和经营收入，要用于发展诗词创作和研究，奖励优秀作者，出版诗词专著及开展诗词教育，促进诗词事业的振兴和发展。

（七）加强海峡两岸和国际的诗词交流与合作，让中华诗词走向世界

随着中国国际地位的提高及汉语走向世界，中华诗词也必将日益为海外人士所推崇。我国加入世贸组织以后，中国对外文化交流将更加频繁。这就为中华诗词开展国际交往提供了更多的机遇。我们要采取多种方式，积极开展与海外华侨、华人中的诗人、诗词社团和其他国际友人中汉诗爱好者、研究者的诗词创作和学术交流活动，扩大中华诗词的国际影响。

中华诗词是包括台湾省、香港特别行政区、澳门特别行政区在内的中华民族共同的文化瑰宝和精神财富。在台湾、香港、澳门有许多诗人词家和诗词爱好者，我们应加强与他们交流与沟通，联合开展创作与学术研究活动，共同促进中华诗词事业的发展。

（八）加强组织建设

搞好组织建设，是振兴和发展诗词事业的基础和保证。我们的目标是，在我们祖国的广大城乡，在机关、工厂、农村、学校……有计划有步骤地普遍建立诗词组织，做到凡是有人群的地方都会有诗人活

动的足迹，都会有诗词的创作和吟诵，从而让中华诗词成为促进国民人文素质、促进社会主义精神文明的重要力量。为此，要按照积极、稳妥的原则，做好会员发展工作。要合理掌握入会标准，及时把符合条件的诗词爱好者吸收到诗词学会中来，不断壮大诗词组织队伍。诗词会员要认真执行章程规定的各项权利和义务，按时交纳会费。各诗词组织应该帮助会员努力学习马列主义文艺理论，学习中国诗词发展史，不断提高理论素养和创作水平。要推动会员深入生活，联系群众，从事诗词创作，为促进社会主义精神文明建设作贡献。要加强各级诗词组织自身建设，改进工作作风，提高办事效率，更好地为广大诗词家和诗词爱好者服务。

同志们、诗友们：回顾十七年来中华诗词所走过的风雨历程，我们不禁感慨万千。我国是一个有着几千年历史的诗歌大国，曾经产生过屈原、陶潜、李白、杜甫、白居易、苏东坡、李清照、辛弃疾、陆游等一大批光照千秋的诗歌巨星。如果真像一些人所预言的那样，诗词将要在我们这一代人的手里被抛进历史博物馆，那该是多么令人痛心疾首哟！令人庆幸的是，在许多前辈、许多有识之士的共同努力下，诗词不但没有断代，而且以惊人的规模、惊人的速度走向复兴。今天，我们可以毫无愧色地告慰前人，你们所遗留下的宝贵诗歌遗产，不但没有被封存起来，而且日复一日地被发扬光大。

同志们、诗友们：让我们携起手来，团结一致，同心同德，共同为开创中华诗词的新纪元而努力奋斗。

《中华诗词学会通讯》2005年第1期

| 中兴诗国赖群贤 |

全国第十九届中华诗词研讨会开幕词

新时期以来,传统诗词从复苏走向勃兴,令世人刮目相看。进入二十一世纪以来,诗词继续以良好的势头向前发展。目前中华诗词学会有一万多名会员,加上各省市自治区学会的会员,各类诗社的社员,全国经常参加诗词活动的人不下百万。据不完全统计,全国有五百多种公开或内部发行的诗词刊物,每年光这些媒体刊登的诗词新作就在十万首以上。诗词活动遍及城乡,对于提高人的心理素质、净化社会风气,产生了良好的作用。可以毫不夸张地说,目前,诗词已成为我国群众文化活动的一个重要项目,成为民族精神和时代心声的一个重要载体,成为促进社会主义现代化建设的一股不可或缺的精神力量。

我们有了一支广大的诗词创作队伍。目前,诗词面临的迫切问题是作品质量的提高。在中华诗词学会第二次全国会员代表大会上,我们把实施精品战略、提高创作质量作为头等重要的问题提出来,得到与会代表的广泛赞同。我们这次研讨会就是要落实代表大会的决定,为提高诗词创作的质量出谋献策,进行理论层面的探讨。

我们实施精品战略的含义是,努力提高创作质量,争取多出精品力作,少出或不出平庸之作。我们都懂得质和量矛盾统一的辩证关系:质是量的基础和前提。一定的质必须具有一定的量。而没有质的基础和前提,量会变得毫无意义。

从诗词创作的社会效果看,精品力作与平庸之作有天壤之别。当今精品力作的标准应当是：时代精神、先进思想、真挚感情与艺术魅力的高度统一。精品力作往往会成为人们喜闻乐见、传诵不衰的千古绝唱，成为人们健康向上奋发进取的精神动力。平庸之作则相反，它缺乏时代精神和思想深度，缺乏真情实感和艺术魅力，甚至徒有形式，淡然无味，如同嚼蜡，很难达到欣赏、传诵和受教育的效果，可以毫不夸张地说，论社会效果，一万首平庸之作也抵不上一首精品力作。

实施精品战略，努力提高诗词创作质量，为开创社会主义时代诗词新纪元所必需。当代诗词正处于伟大的社会主义时代，当代诗词应当有别于历史上的任何时代，成为以新的精品力作促进社会主义事业的重要力量。唐宋诗词所以成为中国诗歌发展史上的两个高峰，其主要标志是佳作如林，名句如珠。处于社会主义制度的当代诗词，则应当努力做到具有新时代特点的佳作如林，名句如珠。在这方面，当代诗人鲁迅、毛泽东、陈毅等，以他们堪称千古绝唱的诗词做出了榜样，值得我们认真学习。

实施精品战略，注重提高创作质量，会增强中华诗词的影响和作用。对诗词创作者个人来说，也为不断提高创作水平所必需。

不要讥笑平庸之作。初学者难免有平庸之作。一些老诗人也并非首首都是精品力作。

重要的是，诗词创作者要有精品意识，用高标准严要求对待自己。古语说得好："取法乎上，仅得其中。"切希望从事诗词创作的朋友，人人树立精品意识，加强学习，提高素养，关心时局，深入生活，精心创作，发扬"吟安一个字，捻断数茎须"精神，力求不搞或少搞平庸之作，多拿精品力作出来提高诗词的创作质量。推出更多的精品力作，触及两个不可回避的问题。一是诗词如何反映我们的新时代？二是诗词创作如何进行艺术创新？

　　诗词要不要反映当前的新时代？作为一个古老的文艺品种，格律诗能不能反映当前的新时代？对于这个问题，人们的认识似乎是一致的，但仍有不少不一致的地方。有些同志很热爱传统诗词，也很愿意把它当作一种国粹在新时代好好弘扬一下。但在他们看来，诗词就像昆曲、京剧一样，只适于演传统戏，不适于表现当代生活。他们的所谓"弘扬国粹"，就是普及过去时代的古典作品。他们也搞新创作，这种创作从表面上看来是写今天的，但努力模仿唐风宋韵，极力再现古人的生活情趣。仿佛今人应当生活在古代的艺术氛围中，仿佛只有这样才算掌握了传统诗词的真谛，写出诗词的"韵味"。其实，昆曲、京剧新的创作也是要表现当代生活的。

　　五十多年前，党和国家提出了发展民族戏曲的"三并举"方针，取得了积极的成就，推动了一大批优秀戏曲现代戏的产生。至于格律诗，它们从来是和时代紧密相依的。屈原、陶潜、李白、杜甫、白居易、苏轼、陆游、辛弃疾、李清照……哪一位不是时代精神的体现者！哪一位不是杰出的创新家！艺术离不开生活，而生活是不断向前发展的。事实上，格律诗表现当代生活，已经被实践证明是条坦途，是艺术发展的必然。近百年来，秋瑾、鲁迅、郭沫若、毛泽东、陈毅、臧克家、赵朴初、聂绀弩等名家的创作，都从不同的角度展现了时代的新风貌，从而把诗词推进到一个崭新的境界。现在，有些论者对现当代中富有时代气息的力作评价偏低，对那些虽然打磨得很精巧，但和时代距离得比较远，主要是抒发个人小欢的东西评价偏高，我以为这是不公平的。

　　诗词表现新时代和诗词创新是一个问题的两个方面，创新，首先是内容上的新。我们的诗词要有新的思想、新的感情、新的语言、新的意象。因此，诗词作者和一般作家一样，要做到与人民同心、与时代同步，要努力深入生活，从生活中汲取新的养料。创新决不意味着割断传统，诗词是一种历史积淀很深厚，艺术规范很严格的艺术，我们一定要注意到它的这一特点，要努力学习传统的艺术经验。不但传统诗词，新诗和外国诗歌中一切有益的东西，我们都要大胆吸取。中华诗词在长期发展中形成了自己的艺术规范，对此，不要轻易破坏它。譬如写近体诗，平仄、押韵、对、粘，都是要讲究的，关键是要熟练，得心应手地应用它来表现新的生活，创造出新的诗歌意象，我们既尊重传统的艺术规范，又不能做诗词格律的奴隶。有同志主张诗词格律可以适当放宽一些，这个意见可以拿出来讨论。可不可以放宽？什么叫"适当"放宽？这些问题都要通过实践和讨论来解决。

　　诗韵改革问题，已经提出来好几年了，现在是平水韵和新韵并行。有同志呼吁，普及新韵的力度要加大，我们认为这个呼声值得听。为什么要提倡新韵？因为汉语的发音在不断变化，有些字在古代是同韵，在今天已经不同韵了。押韵为了什么？为了取得诗词在音调上的谐调。如果死守传统韵书，那么就会写出按"本本"是押韵而在实际生活中根本不押韵的诗句来，根本产生不了音调上的美。诗词音韵和现代汉语的音韵应当统一起来，也必然会统一起来。

　　要加强对精品力作的指导和推动。为了促进精品力作的产生，我们可考虑采取若干有力措施。诸如：介绍古今诗词家创作精品力作的生动事例和经验；加大诗词评论的力度，把真正的优秀之作发掘出来，推荐给广大读者；加强诗词和电视、音乐的联系，通过荧屏、歌声来推荐优秀的诗词新作；选编诗词曲等各种不同题材的精品力作选本；举办以精品力作为内容的诗词大赛、诗词研讨和诗词笔会；设置精品力作创作奖等。

同志们，诗友们：诗词创作不仅是一种爱好，也是一种社会责任。几千年来，诗词在振奋民族精神、陶冶人们心灵上发挥了巨大作用。作为社会主义时代的诗词家，更应当主动挑起为人民服务、为社会主义服务的重担。今天，全国各族人民正在以胡锦涛为总书记的党中央领导下，聚精会神地建设小康社会与和谐社会。诗词应当促进社会的进步与和谐。

古人说："乐以致和"。优秀的诗词会给人带来凝聚力和向心力。希望同志们认真思考，踊跃发言，本着艺术民主的精神畅所欲言，为提高诗词的创作水平建言献策。我们提倡积极的学术争鸣。让我们互相切磋，互相学习，把这次研讨会开成一个科学、民主的会，开成一个既有热烈的交锋又有团结和谐的会，开成一个充满激情又充满理智的会。

《中华诗词学会通讯》2005年第3期

| 论文 |

臧克家是一面旗帜

臧克家同志是诗界泰斗、中华诗词学会名誉会长，为振兴中华诗词作出了重要贡献。臧老虽已病逝，但他还活着，永远活在我们心中。现在，我们开个座谈会，来纪念臧老的一百周年诞辰。

请允许我先谈点个人感受。

我对臧克家仰慕已久，是在来中华诗词学会工作后开始认识他的。臧克家先是被约聘为学会顾问，以后又改聘为名誉会长，非常关注诗词事业，我同他的交往便多了起来，建立了深厚友谊。就个人关系来说，臧克家不仅是我十分敬重的诗界前辈，而且是我的良师益友，给我留下了永难磨灭的印象。

臧老喜欢说的一句话是："我是一个两面派，新诗旧诗我都爱。"的确，臧老是既爱新体诗又爱旧体诗，而且是德艺双馨的两栖诗人。新体诗，例如"有的人活着，他已经死了；有的人死了，他还活着。"已经是名扬四海的千古绝唱；旧体诗，例如"老牛亦解韶光贵，不待扬鞭自奋蹄"等名句，也早已脍炙人口，久传不衰。

诗体各异，诗性相通。一个诗人，同时掌握几种诗体，不仅可能，而且有益。多掌握一种诗体，就多增加一种言志抒情的本领。自古以来，许多诗人以掌握多种诗体见长。既爱新体诗又爱旧体诗的两栖诗人，是五四新文化运动之后出现的。鲁迅、郭沫若、闻一多、陈毅等都可看作两栖诗人。当然，我们不要求诗人都能两栖，但能两栖的，自有其左右开弓、灵活应用的好处，而且有利于知此知彼，增进团结，相互交流，共同提高。所以，我认为，新体诗人不妨多懂一点旧体诗，旧体诗人不妨多懂一点新体诗，向臧老开创的"三友诗派"学习。

臧克家慧眼识珠，给毛泽东诗词以崇高评价，最先把毛泽东诗词推向社会。他说："毛主席是伟大的革命家、政治家、军事家，他也是一位杰出的诗人。他的作品，给传统的诗词开辟了一个崭新的境界，从中看出他坚强的革命意志，博大渊深的胸怀，厚实的文学修养，高超的表现艺术。我们应该认真地学习他诗词中的那种民族气派、民族风格与创新精神。"基于这样的高超见地，臧老以惊人的胆识和魄力，利用《诗刊》把毛泽东诗词加以披露，然后又与人合作著书，帮助读者鉴赏毛泽东诗词。而毛泽东诗词一经推向社会，更在国内外和广大人民群众中掀起了学习毛泽东诗词的热潮。毛泽东诗词是继唐诗宋词之后，中国诗歌发展史上的又一个高峰。学习毛泽东诗词浪潮的兴起，在颇大程度上清除了五四新文化运动打倒传统诗词的消极影响，为振兴中华诗词奠定了基础。可以说，臧老对于毛泽东诗词的宣传和推广功莫大焉。

臧克家高瞻远瞩，力主对传统诗词实行改革创新，并赋予极高的热情。

1995年，我经过调查研究，以《论格律诗词的声韵改革》为题写了篇文章，送请当时的学会顾问臧克家审阅指教。那时，臧老已是九十一岁高龄，而且身体欠佳，但他用红蓝铅笔圈圈点点，看得十分认真，并且写了封长信给我。在信中，他对文章表示完全赞同，提出了补充意见，并且十分鲜明地陈述了他对诗词改革的总体设想。

这篇文章，蒙当代诗界泰斗如此看重，热情鼓励，我有些喜出望外，愧不敢当，也深感臧老是一位谦虚好学、虚怀若谷的贤者。毫不夸张地说，臧老的这封信是一篇重要诗论，使我和学会诸同志受到了莫大鼓舞，增强了诗词改革的信心和勇气。为了指导和推进诗词事业，我跟周笃文、林从龙登门造访，当面征得臧老同意，便把这封信公开发表了。鉴于这封信的重要性，特摘录几段如下：

"节日大热闹，也大累！加以近期感冒、牙痛、脉搏间歇，甚感不适。

"昨天渐好，灯下拜读了你的《论格律诗词的声韵改革》，一字一句，认真地读，红笔蓝笔，行间纵横。你所想所论，甚惬我意，有理有情，态度公允。我个人，对文艺问题，想得多，不能成套，理论性差，但欣赏力不弱，总想以极短小字句，概括个人的'真知'，不敢说'灼见'。你的文章，理论性较强，令我佩服而心悦。我看到不少旧体诗词刊物，听到不少诗友的谈话，都不满旧诗韵，希望改革。你的文章，代表了众人的意向，会受到欢迎的。末段是否加一点：'声韵、格律，是定型的，应该遵守，但在某种情况（限制了思想、感情）下，也可以突破（李、杜等大诗人几乎人人都有出格之处）。也就是说，不以辞害意。'我的不少旧体诗，就是如此。茅盾先生读了我的七绝《有感》，来信说：'诗贵真情，格律未足拘也。'

"我是有名的改革派。我的改革，不止在格式上，而且主要在内容上！我主张：诗要'三新'，思想新，感情新，语言新；又倡'三美'，看来顺眼，听来顺耳，赏来会心。讲格律，不能太拘泥，不可成为形式主义，因为格律是为内容服务的。而今，写旧体诗的人多多，写得好的（特别是传诵一时之大作）何其少？这就不仅仅是格律问题了。

"今日的旧体诗有三派：一是典雅派（即严格遵守固有格律，多用典故的）；二是改革派（即情感需要时，对固有格律可以稍有突破的。这是你我所向往的，也是我所实践的）；三是新古诗派（不主张遵守固有格律与平仄的）。谁是谁非，应由群众读者来评说，由时间去考验。"

除这封信外，臧克家在贺第九届中华诗词研讨会召开的一篇短文《座而谈，起而行》中，也就诗词改革说得非常尖锐："如果不大力革新，不在旧体诗上打上社会主义时代的烙印，不在思想感情、韵律语言等方面有所更新，有所创造，使旧体诗词冲破旧藩篱、小圈子，真正打入广大群众之中去，那就难以使旧体诗再造辉煌。"

1994年10月25日，臧克家写给人民解放军一位青年诗人赵京战的长信中，更加明确地表述了他对旧体诗改革的主张。他说："社会主义时代的旧体诗，不改革、创新，将无大的成就。我期望出现大诗人，写出划时代的大作品来。"他又说："改革首先在于创新，与时代、与人民同心，使旧体诗普及化、群众化，少用典，洗去陈腐气味，使人耳目一新，时代气息浓厚。如此，旧体诗能站住脚，能为社会主义文化、文艺服务，一诗发出，百人同声。"

臧克家的诗品好，人品也好。他热情，像一团火。他纯朴天真，像老儿童。他心胸宽，重友情，不"文人相轻"。他是德高望重的大师、泰斗，却没有半点架子。他晚年体弱多病，却一直坚持写作、工作、会客，做"拼命三郎"。他奖掖后进，对一些青年诗人热心指教，并将其优秀作品向报刊推荐。他胸怀天下，唯公是从，没有丝毫自私自利之心。这方面的事例很多，不胜枚举。

缅怀臧老，重温他的诗作、诗论和为人，深感他是一面旗帜，一面促进诗界团结与繁荣的旗帜；一面指引传统诗词与时俱进、大步向前的旗帜。纪念臧克家一百周年诞辰，让我们继承他的遗志和优良作风，为推进中华诗词事业努力奋斗。

《中华诗词学会通讯》2005年第4期

《开创诗词新纪元》自序

1987年，我在全国政协副秘书长任上参加了中华诗词学会的筹建工作。中华诗词学会成立后，我曾被约聘为学会顾问，1990年起，又先后被推选为学会副会长兼秘书长、会长。担任领导职务，不等于就具有领导水平。对我来说，担子重和水平低，是一大矛盾。解决矛盾的唯一途径，是要加倍地努力学习。作为一个忠于先进文化事业的老共产党员，我还有这点责任感和自觉性，把修养有素的诗词家当成良师益友，多读书，多调查，多思考，成了我的座右铭。

"不在其位不谋其政"的反面是"在其位谋其政"。中华诗词学会从成立到现在这十八年中，正是诗词事业重新振兴时期，任务之艰巨，工作之繁艰，可想而知。这个时期，振兴诗词面临两大难题：一是如何清除五四新文化运动中打倒诗词的消极影响，让诗词走出低谷，趋向繁荣；一是如何继承优良传统，经由改革创新，与时俱进，发扬时代精神，开创社会主义时代诗词新纪元。于是在推进诗词事业的过程中，诗人集会、组织建设等许多工作亟须指导，许多经验亟须总结，许多问题亟须解答。这实际加重了中华诗词学会的责任，形成了对学会领导的压力和挑战。不言而喻，在这些压力和挑战面前，我首当其冲。我的态度是：把压力转化为动力，把挑战转化为奋战。而动力生干劲，奋战生勇气。有了干劲和勇气，勤读书，勤调查，勤思考，多谋善断，往往并不会白费气力。我在这本书中的言论，可以说，大多是接受压力和挑战的产物。

大概与长期从事新闻工作有关，我养成了些亲自动脑动手的习惯，这本书中的言论大都出于我的手笔；也有的是与其他同志集体撰写，烦人代笔是个别的。不论个人执笔、集体撰写或托人代笔，一般都注意经过集体讨论和征求意见，力求体现学会和诗界多数人的共同意志，有的还经过反复推敲和多次修正。书中的若干篇章，是十八年来中华诗词发展历程的纪录，是中华诗词学会工作经验的基本总结，也是我个人向作协、向学会、向广大诗友的汇报。现在，能出版这本书供广大诗界朋友阅读、交流，我甚感欣慰，也对为这本书贡献过智慧和力量的所有同志表示由衷的感谢！

书中言论，将经受实践的严格检验。我愿诚恳接受一切有益的批评，并认真研究各种不同意见。诗词艺术题材宽广，流派纷呈，读者众多，爱好各异，人们对于诗词的创作与发展自会有若干不同意见。应当说，有不同意见是正常现象，不同意见的存在和不同意见之间论争，是促进诗词艺术健康发展的重要条件。因此，我愿以这本书抛砖引玉，希望广大诗界朋友不吝赐教。

最后，我还想多说几句：植根于民族特点的中华诗词，恰如一位华侨诗人所说，是一条永远打不死的神蛇。当代革命领袖、大诗人毛泽东更以质朴语言做出了科学论断："旧体诗词要发展，要改革，一万年也打不倒。因为这种东西，最能反映中华民族和中国人民的特性和风尚……"在社会主义制度下，在改革开放新时期，中华诗词的振兴和发展有其客观必然性，也是各级党政领导、诗词组织和广大诗界朋友因势利导共同努力的结果。我相信，今后时期，在中共中央正确路线的指引下，中华诗词事业将会继续蓬勃发展，为促进社会主义文明，构建和谐社会，作出更大的贡献。

《中华诗词学会通讯》2006年第1期

| 论文

再谈精品战略

什么叫精品？即我们在诗词创作中要求它的思想性和艺术性达到完美的结合。精品力作的创作，据我看来，有相当的难度，但是并不神秘。我们大都读过《唐诗三百首》吧。有一句话叫作"熟读唐诗三百首，不会吟诗也会吟"。如果说《唐诗三百首》是一个很好的选本的话，那么，它就是唐诗精品的范本，至少相当一部分符合精品的标准。所以，精品力作并不神秘，只要我们经过努力，许多人都可以拿出精品力作来。

这些年来，我们在诗词创作上，精品力作的情况如何？据我看，曾经出现了若干精品力作。比如，我们多次诗词大赛的获奖作品，大都属于精品力作。我们"华夏诗词奖"的获奖作品，更可以说是精品力作，其中，有些得奖作品同若干唐诗宋词相比毫不逊色。当然，应该看到，我们现在的精品力作数量是相当的少，有大量的平庸之作，这个状况必须改变。

我们要求加强精品力作的创作，而且把它作为一个战略提出来，为什么？我理解，这是从全局看的，关乎全局的规划和考虑，属于战略的范围。从全局来看，我们有责任开创诗词新纪元，让诗词有力促进社会主义精神文明。因此，当代诗词应该更多地出现精品力作。只有精品力作能充分体现诗词的特性、诗词的优势、诗词的社会效应。如果大量诗词是平庸之作，平淡无奇，枯燥乏味，那就不但达不到诗词应有的社会功能，还会倒群众的胃口，造成很坏的影响。

司马迁曾说过一句话："盛极而衰。"我们现在的诗词事业，经过大家共同努力，已经走出"谷底"，趋向繁荣，开始出现了诗词热，这是个很好的现象。但是我们决不可盲目乐观。据我看，诗词可以持续地热，但也可能变冷；诗词可以继续兴盛，但也可能变衰，关键就看我们的主观努力。所以，诗词的精品力作问题，是关系到我们诗词事业成败的问题，我们大家都要增强责任心，清醒地看到这个问题。

唐宋时代诗词的精品力作很多，出现了若干著名的诗人、词家，出现了众多诗词的名篇、名句。我们当代诗词也应该多出精品，多出著名的诗人，多出诗词名篇、名句。有人说，中华诗词是夕阳文学，不对。中华诗词热的根本原因，是诗词本身的性质、特点决定的。只要我们充分地发挥诗词的固有特性，多出精品力作，让诗词真正走向繁荣，诗词就不会是夕阳文学，而永远会蓬蓬勃勃地向前发展。如果说，我们当代诗词有更多的名家出现，有更多的名篇、名句出现，那么，中华诗词就永远不会被打倒，永远不会处于被冷落、被歧视的地位。

今后，我们如何更多地创作出精品力作呢？首先是我们诗人词家本身要增强精品意识，花大气力从事创作。要按照适应时代、深入生活、走向大众的要求做很大的努力。要发扬"吟安一个字，捻断数茎须"的精神。要不厌修改，不要急于拿出去，要努力做到思想性与艺术性的完美结合。

韩愈曾说过："千里马常有，而伯乐不常有。"我们可以说，"精品力作常有，善于鉴别精品力作的人不常有"。这要求我们的诗词组织、诗词工作者、报刊编辑等，学会充当伯乐，善于物色、发现精品力作。

我们还要把所有可以用来为诗词事业服务的宣传工具和手段调动起来，包括新闻、出版、广播、电视、曲艺、演唱、朗诵、书、画等，充分发挥它们的社会功能，用来为精品力作摇旗呐喊，鸣锣开道。这样，我们既可大大促进诗词精品的创作和发展，又可大大提高精品的社会效果。

我们都承认，唐诗宋词精品力作很多，值得我们认真借鉴、学习。但也要看到它的辉煌成就，完成于六七百年的长时期内。我们从新中国成立到现在还不到一个世纪。我们完全有条件让我们的诗词事业更好地发展。现在的条件比唐宋时代好千百倍。我们有中国共产党的英明领导，有改革开放的正确路线，有教育的大普及、文化的大提高，有悠久的诗词传统和经验可资借鉴，有我们这些年来诗词发展的良好基础，有为数众多的诗人词家和诗词爱好者，只要我们加倍努力，认真促进，当代诗词的精品力作会多起来的。

精品力作大量涌现之日，即当代诗词真正繁荣昌盛之时。我相信，这样的形势一定会到来的。

《中华诗词学会通讯》2006年第3期

| 中兴诗国赖群贤 |

祝新体诗更加繁荣

《诗刊》在中国作家协会的领导下努力奋斗，载着光辉的业绩和美好的声誉，走过了五十个春秋。我代表中华诗词学会由衷地表示祝贺！

特别令我们感动的是，《诗刊》曾在诗界泰斗臧克家的主持下，率先发表毛泽东诗词，并且开设专栏，经常刊载旧体诗作，为清除五四以来民族虚无主义的消极影响，重新振兴中华诗词，作出了极其有益的贡献。

臧克家老曾说："我是一个两面派，新诗旧诗我都爱。"臧老是著作等身举世闻名的两栖诗人。我个人，做两栖诗人不够格，既爱旧体诗，也爱新体诗，却是事实。我在青少年时期曾经学写新体诗，尽管没什么成就。我始终喜欢李季的《王贵与李香香》和其他一些新体诗名篇。我在主办《中国青年报》期间，曾倡议和支持报社文艺部邀请大诗人贺敬之创作了著名的《雷锋之歌》，并以两个整版加以发表。我也曾经对当代知名文学家张锲的《生命进行曲》深深赞赏，不遗余力地加以鼓吹……

依我看，新体诗是五四新文化运动盛开的奇葩。新体诗诞生的合理性，新体诗与时俱进的时代精神，新体诗植根于现代语言的优越条件，受到了全社会的认同和肯定。因此我在想：如果新体诗能够从总结实践经验中创新理论，即从战略高度加以反思，在保持其固有优越性的同时，恰当借鉴传统诗词的某些特点，沿着民族化方向深化改革，那么，它必将如虎添翼，大大增强艺术感染力和群众基础，开创无比繁荣的新局面。常言道：后来者居上。我曾经说过"中华诗词万岁"，我更愿诚恳地追加一句："新体诗万万岁。"

新体诗与旧体诗，是文艺百花园中的姊妹花。两者合乎逻辑的发展前景是共存共荣。让新体诗与旧体诗相互学习，携手共进，在中央正确路线的指引下为促进精神文明，构建和谐社会，作出更大的贡献吧！

《中华诗词学会通讯》2007年第1期

|中兴诗国赖群贤|

振兴传统诗词、促进精神文明

第一，传统诗词是人类语言的奇迹。我国是世界四大文明古国之一。从人类第一部诗歌总集《诗经》起，经屈原、陶渊明、李白、杜甫、苏轼、陆游、辛弃疾……直到清末，历代诗人承前启后，为时三千余年，创造出举世公认、无与伦比的灿烂的诗词艺术。这些诗词反映了历史的面貌，表达了人民的心声，是传统文化极为重要的组成部分。

传统诗词从以四言为主的《诗经》起，经骚体的《楚辞》发展到五言、七言。到了唐代，形成格律谨严的近体诗；至宋，又发展到词；到元，又出现了散曲。以诗、词、曲为主要体裁的传统诗词，是世界独一无二的语言艺术奇迹。没有哪一种语言具有汉语这种独特的音乐美。所以，中国被公认为诗的国度。

这一宝贵的文化遗产，需要继承并大力发扬，这是社会主义精神文明建设的一个重要内容。

第二，五四以来，传统诗词显示出顽强的生命力。传统诗词曾受到五四新文化运动的冲击，并在长时间内受到了排斥和歧视。这方面有深刻的经验教训，值得我们去认真总结。一个不容置疑的事实是：传统诗词已经深深植根于人民之中，为人们所喜闻乐见，传诵不已。并且随着时代的前进而发展，表现了顽强的生命力。

"唐贤读破三千纸，勒马回缰写旧诗"，五四新文化运动之后，闻一多、鲁迅、郁达夫、郭沫若等一大批作家，仍然写出了不少诗词杰作。在无产阶级革命家、老干部、文艺工作者、学者、教师、青年学生以及工农大众中，现在有越来越多的人热爱传统诗词，运用诗词这一艺术形式来讴歌我们的时代，来抒发情怀、鞭挞丑恶、激励新生事物。当代伟大革命家兼诗人毛泽东，更以其伟大胸怀和高超艺术，使他的诗词作品成为千古绝唱，成为我国人民最宝贵的精神财富，从而把中国的传统诗词推向了一个新的高峰。

第三，传统诗词已出现初步繁荣景象。中共十一届三中全会以来，传统诗词蓬勃发展，开始呈现前所未有的繁荣景象。1987年端阳节，中华诗词学会应运而生，中华诗词学会自成立以来，每年召开一次全国性的诗词学术研讨会，至今已有六次，在中华诗词学会的指导和带动下，各省、自治区、直辖市先后成立了诗词学会。许多省、市、区还成立了地县级诗词组织。近年来，妇女诗词学会（筹）和青年诗词学会（筹）也相继诞生。

1992年，中华诗词学会同新华社、中央电视台、光明日报社等单位联合举行了首届中华诗词大赛，参赛者两万余人，收到诗词近十万首，来自十六个国家和地区。1992年12月10日，在北京人民大会堂举行了颁奖仪式。获奖作品集，畅销海内外。许多诗社受到了政府的支持，东南沿海一带的诗社，更得到台胞和华侨的大力支持。福建仙游籍的台胞张承璜先生，出资三十万元为家乡诗友盖起了大楼，作为诗社的活动场所，福建南安籍的华侨王国铭先生，出资二十万元，举办了我国历史上第一次诗词吟唱艺术研讨会。

全国各级诗社约一千余家，大多办有自己的刊物，编有自己的诗集。其参与者之众多，作品之丰盛，在我国历史上是空前的。由河南诗词学会编辑出版的《新世纪中华诗词艺术书库》，已出版诗集十册，1994年计划出二十册。各地诗刊如《当代诗词》《华夏诗报》《中国旅游报》诗词专刊等，不但按期出刊，而且诗文并茂。

诗词事业的振兴，发扬了祖国的优秀文化传统，丰富了人民的精神生活，增强了中华民族的凝聚力，对海外侨胞产生了积极影响，事实证明，诗词事业是精神文明建设中不可忽视的力量。

第四，亟待解决的问题和诗词前景。各级诗词团体，几乎都在惨淡经营。如当地领导重视，尚可开展点活动；否则，则举步维艰。中华诗词学会和各省（市）诗词学会普遍存在着无经费、无编制、无刊号等困难。

为此，我们建议：①中央有关部门务必关心和支持诗词事业，给中华诗词学会和各省（市）诗词学会安排编制、划拨经费。②大学中文系应设诗词必修课，中文系毕业的学生应该学会创作符合格律的诗词。③增加中小学语文课本中的诗词数量，而且应该安排关于诗词格律的知识短文。④有关报刊，开辟诗词栏目，发表一些歌颂改革开放建设成就，赞美大好河山，以及针砭时弊的诗词作品，发挥诗歌"兴观群怨"的社会功能。报刊文艺部门应有懂得传统诗词的编辑，提高选稿质量。⑤由中国社会科学院文学研究所、语言研究所和中华诗词学会牵头，组织专家、学者尽快制定出当代诗韵。

世治而诗道兴，这是历史的必然规律。江泽民同志在全国宣传思想工作会议上的讲话中指出："群众日益增长的精神文化需求，需要努力满足。""对民族文化精粹，优秀高雅艺术，有较高价值的学术著作，要给予扶植和保护。"我们相信，根据这个精神，只要我们创造出有利于传统诗词发展的条件，那么，空前繁荣的诗词创作的时代必将到来。

《中华诗词》1994年创刊号

充分发挥传统诗词的社会功能

传统诗词是精神文明建设的丰富资源。中国素称诗国，传统诗词卷帙浩繁，佳作如林，名句如珠。三千多年来，传统诗词生动形象地展现了中华民族不同时代不同地域的政治沿革、历史事件、社会生活、传统美德、山川风光和各种成就，成为中华文化的重要基石和母体。我国六经以《诗》为首，《史记》《汉书》大量转录诗赋，方志有诗专辑，医药著作、佛道经典都有诗诀诗偈，传统戏剧多是诗剧，四大古典小说都与诗有不解之缘，书法、绘画、雕塑、音乐、舞蹈都与诗相得益彰，一切高雅的文艺创作和表演总是和诗紧密相连，许多著名的思想家、政治家、军事家、文学家、艺术家、科学家都是诗人。

传统诗词内涵之博大，艺术之精美，地位之崇高，在世界上是独一无二的。它是中华民族的心声，中华文化的代表。一部中国诗史，实际就是中华民族的发展史、心灵史和文化史。不研究中国诗史，就难以真正了解中国和中华文明。

我们建设社会主义精神文明，必须同发扬优秀文化传统紧密结合，使之具有鲜明的民族特色。传统诗词是精神文明建设取之不尽用之不竭的丰富资源。

爱国主义是传统诗词的主旋律。爱国主义是千百年来形成的人们对自己祖国最忠诚最深厚最持久的一种民族感情。在我国，这种崇高、伟大的感情借助于传统诗词这一特殊艺术形式，得到了最充分的体现。

"路漫漫其修远兮，吾将上下而求索。"屈原这闪耀哲理光辉的诗句，至今仍激励着我们为祖国、为事业而奋斗不息。陆放翁的"死去原知万事空，但悲不见九州同。王师北定中原日，家祭毋忘告乃翁"，文天祥的"人生自古谁无死，留取丹心照汗青"，激励过多少英雄豪杰关怀祖国的完整和统一，在祖国危难关头赴汤蹈火。鉴湖女侠的"拚将十万头颅血，须把乾坤力挽回"，徐锡麟的"只解沙场为国死，何须马革裹尸还"，都是鲜血凝成的救亡图强的檄文。

以毛泽东、朱德、董必武、陈毅、叶剑英为代表的老一辈无产阶级革命家，都是驾驭传统诗词艺术的行家里手。被誉为千古绝唱的《沁园春·雪》《人民解放军占领南京》，以及"锦绣河山收拾好，万民尽作主人翁""此去泉台招旧部，旌旗十万斩阎罗"等诗句，概括凝练而又气壮山河，抵得上洋洋洒洒的万字宣言，充分显示了诗词的艺术感染力。

改革开放以来，传统诗词生机焕发，诗社如林，诗赛迭起，正在神州大地形成一股汹涌澎湃的创作热潮，不少反映时代强音的优秀作品应运而生。

久蛰思高举，同怀捧日心。

曾教鳞爪露，终乏水云深。

天鼓挝南国，春旗荡邓林。

者番堪破壁，昂首上千寻。

王巨农的这首《壬申春日观北海九龙壁有作》，尽情地讴歌了邓小平同志的视察南方谈话。

历代的爱国诗篇凝聚着中华民族的理想、抱负、气节和心魂，是我们今天进行爱国主义教育的宝贵资料。

传统诗词对于促进祖国团结统一有特殊作用。对于促进中华民族的团结和统一,传统诗词具有特殊的艺术影响力和感情凝聚力。

"国破山河在,城春草木深。感时花溅泪,恨别鸟惊心。……"杜甫的《春望》,表达了山河破碎给国家带来的灾难和哀伤。李白的《静夜思》"床前明月光,疑是地上霜。举头望明月,低头思故乡",能使关山阻隔的中华子孙的心贴在一起,台湾是祖国神圣不可侵犯的一部分,针对丧权辱国的《马关条约》,谭嗣同愤然写道:"四万万人齐下泪,天涯何处是神州!"丘逢甲也奋笔疾书:"四百万人同一哭,去年今日割台湾。"今日重读,仍令人涕泪沾襟。

日本投降,台湾回归中国后,海峡两岸同胞受到了人为的阻隔,于右任先生一字一泪的《望大陆》,和张大千"半世江山图画里,而今能画不能归"的诗句,反映了台湾同胞思念祖国渴望统一的共同心声。现在,海峡两岸的诗词团体之间、诗人之间,也开始友好交往,借助诗词的特点和优势,这种交往将会日益发展,对促进和平统一作出贡献。

传统诗词是增进国民文化素质的重要条件。传统诗词语言精练、声韵优美、上口好记、饱含诗情和哲理特质,具有其他文学形式不能代替的教育功能和艺术魅力。孔子教人,主张兴于诗,他说:"诗,可以兴,可以观,可以群,可以怨。"《诗·大序》说:"正得失,动天地,感鬼神,莫近于诗。"古代贤哲,有远见的政治家,都高度评价和重视诗教。

在诗教的滋润下,童子诵诗,诗情、美感、哲理融入心灵,对其一生有重大影响,诗的潜移默化的教育功能,在中华文化的发展和人才培养中，功不可没。

传统诗词不仅会引导人们激发爱国情思，忠于自己的祖国，而且会引导人们在更广阔的领域增进文化素质，正确地对待人生，对待事业，对待人际关系，成为品德高尚的人。

传统诗词的艺术魅力在于，谁只要爱上它，往往就会愈爱愈深，乐于接受它的熏陶和"改造"，这也就是传统诗词潜移默化的特殊功能。很难相信：一个深切了解"谁知盘中餐，粒粒皆辛苦"和"成由勤俭败由奢"的人会糟践粮食，浪费金钱，任意挥霍；一个崇尚"纸上得来终觉浅，绝知此事要躬行"的人会迷信书本，轻视实践；一个深信"言者无罪闻者诫，下流上通上下泰"的当政者会压制民主，堵塞言路。现在，随着改革开放的深入，市场经济体制的确立，人们面对生产效率亟待提高，以及落后、腐败、犯罪等社会现象，是愈来愈感觉到提高国民文化素质的必要和迫切了，提高人的文化素质，主要靠加强教育——学校教育和社会教育，要创造适于养成良好素质的环境和条件。古人说："万事莫贵于义。""德立而百善从之。"中国是十二亿人口的社会主义大国，人们的言行不仅要受法制的约束，更重要的，要受思想和道德规范的约束。振兴传统诗词应当成为增进国民文化素质的重要手段，有鉴于此，应积极发展诗词社团和诗词爱好者队伍；诗词创作应力求适应时代，贴近生活，走向大众；诗词阅读和吟唱活动应广泛开展；报刊应加强对传统诗词的宣传报道；诗词出版物应努力发行到人民群众中去。

五四新文化运动中，传统诗词曾受到严重冲击，针对传统诗词当时存在的某些缺点，加以批判和改革，是必要的，提倡白话诗体也是可以理解的，问题在于，冲击过了头，陷入形而上学和民族虚无主义，把传统诗词一律打倒，对新诗则"另起炉灶"，以致造成七十多年来传统诗词发展中断，新诗的发展也受到局限的局面。

  值得高兴的是，传统诗词受到了党的关怀和支持。中华诗词学会的成立，《中华诗词》杂志的出版，诗词创作的日趋繁荣，实际意味着是对已往运动偏差的拨乱反正。被《人民日报》《光明日报》等多家报刊转载的《中华诗词》发刊词，还就传统诗词受冲击的经验教训，实事求是地作了分析和评论，产生了良好的效果，诗词界人士更倍受鼓舞。这进一步说明，传统诗词现代史上这桩冤案已经平反了，传统诗词被冷落被歧视的历史应当彻底结束了。当然，"后遗症"的消除，观念的更新，还须要做许多工作，但对整个传统诗词事业的振兴来说，可以放下包袱，轻装前进，却是确定无疑的了。几年来，中华诗词学会和有关部门合作，为振兴诗词事业做了一些努力，也小有成就，但距离客观的需要尚远，须要继续加倍努力地工作，建议中央像对待现代文学、京剧、民乐、书画艺术一样，进一步关怀传统诗词事业的振兴和发展，责成有关部门加强领导，解决中华诗词学会的编制经费问题，并在条件成熟时改变体制，成立协会，为让传统诗词充分发挥潜能，多作贡献。

《中华诗词》1995年第2期

论格律诗词的声韵改革

旧瓶自可装新酒,今事何须倡古言。这是我在七律《欢庆〈中华诗词〉创刊》(见《中华诗词》第二期)中的两句诗。这两句诗表达了我对格律诗词继承与改革的基本态度。我的具体主张是:

第一,格律诗词作为一种比较完善而又定型的诗体,我们要珍惜它,保留它,并充分利用它;要改革的,主要是它的内容和声韵方面;

第二,大力提倡今韵,推广今韵,但不废除古韵,允许用古韵进行创作;

第三,报刊宣传中对今韵作品与古韵作品一视同仁,发表机会均等,校改声韵要尊重作者所依之韵谐;

第四,指导诗词鉴赏,要持倡今知古方针,帮助越来越多的人既懂今韵,又懂古韵,提高对传统诗词的鉴赏能力。

我持这样的主张,目的在于切实贯彻"百花齐放,百家争鸣"方针,最大限度地调动广大诗词界人士进行诗词创作的积极性,使传统诗词便于发扬时代精神,迅速走向人民大众,趋向繁荣,成为促进社会主义精神文明、增进国民文化素质和培养共产主义新人的重要力量。

本文谨就格律诗词的声韵改革问题说点意见,请同好者批评指正。

我认为,改革声韵,无论对格律诗词来说,或是对整个传统诗词来说,都是大势之所趋。

传统诗词所以讲究押韵,讲究平仄,完全是为了音乐美,为了让人民群众喜闻乐见，为了充分发挥兴观群怨的艺术魅力。

现在同一千多年前唐诗宋词所处的时代比，中国的语言状况已经发生了很大变化。基于这种发展变化，我们国家正在推广普通话，以求逐步达到祖国语言的统一，传统诗词的声韵标准也必须跟着变化，以便同人民大众的通行语言相一致。这是当代诗词有没有具备时代特点、能不能走向人民大众的重要标志和条件。

1992年9月间，我在第五届全国当代诗词研讨会上曾着重谈了这个问题。当时我说："古人吟诗，大都用的是古时的今韵，而不是当时的古韵。诗词吟唱只有同当代语音相一致，才能充分体现诗词自身的音乐美，才能为亿万人民所喜爱。今人用今韵，应当是一条定理。要求人们懂得古韵，具有古典诗词鉴赏力，是必要的，但又必须在诗词创作上看重今韵，以充分发挥当代诗词的社会效益。诗词用韵，必须随着语言的发展而变化，不应该一成不变，墨守成规。二十世纪的诗人，如果热衷于引导人们脱离现实生活，违背语言规律，用千年以前的古韵去吟唱当今事物，那不仅荒唐，而且很不明智。当然，诗韵改革，允许有个过程，不宜操之过急。但改革的目的，必须落脚于采用今韵。"所谓采用今韵，就是按照普通话的语音标准来押韵和区分平仄。声韵改革是学术问题，可按照"百家争鸣"方针作深入探讨。

现在主张放宽声韵的人已越来越多。有人主张以"平水韵"为基础作某些调整；有人主张采用词韵；有人主张用"十三辙"；有人主张按《新华字典》标音用韵；也有人主张双轨并存。总之，人们今天已经愈来愈认识到当代诗词创作中因循古声韵的种种弊端，产生了改革声韵的共同愿望。无视现实，抱残守缺，迷恋古韵，不图革新的人已是很少的了，毫无疑问，这非常有利于传统诗词的振兴和改革。

不过，既然改革，在采用当代声的问题上，我倾向于一步到位，不必再经过一步步放宽的中间环节，我认为，采用今韵有三大好处：

一，采用今韵，达到声韵与口语的一致，可以克服"平水韵"等的某些弊端，提高传统诗词的音乐美。二，采用今韵，大大简化了韵部，增加了同韵字，从而加大了诗词的表现力，会使诗词创作从题材、思想、感情、语言诸方面具有更大的丰富性和灵活性，旧韵书由于分部过细和同韵字过少，则大大限制了诗词的表现能力。三，采用今韵，可以减轻掌握格律的难度，打破诗词创作的神秘感，加大诗词创作的群众性。这样，通常具有小学语文程度的人便可掌握诗词用韵和平仄声律，极大地扩大诗词创作队伍，是传统诗词走向大众化的关键步骤。

传统诗词一向有明白晓畅的优良传统。许多优秀诗篇之所以深入民间，为人们所广泛吟诵，经久不衰，明白晓畅是一个重要原因，当代诗词经过声韵改革，进一步发扬这种优良传统，必能打入许多群众娱乐场所，成为促进精神文明的重要力量。当代著名诗人李汝伦认为采用今韵是中国格律诗的一大解放，他以十分乐观的语调说道："我想，新的普通话诗词将以崭新的风姿，溢香舞艳于诗的万花园里。……大市通衢，茅屋野店都将有它的声音。"

在提倡今韵的同时，为什么还要允许古韵呢？

这是因为，诗词是一种艺术，也同其他艺术形式一样，应实行创作自由的原则，尊重作者的自主权。一首诗词，采用何种韵律，完全由作者自己决定，任何人不得干预。只有创作自由，方可百花齐放，创作自由是艺术繁荣的前提。允许古韵，还因为许多诗词作者已经熟悉古韵，驾轻就熟，易于成就。无论作者读者，由古韵转向今韵，都需要有个过程。

　　既然提倡今韵又允许古韵，必然会出现多韵并存的局面，这应视为正常现象。报纸、刊物、广播、书籍对不同声韵的诗词作品要一视同仁，不得厚此薄彼，编者对诗词作品的修改，吟者对诗词作品的吟诵，都要尊重诗词作者本来的韵律规范，韵书的出版也要同这种多韵并存的局面相适应。既要抓紧编纂出版今韵，广为发行，大力推广，又要对古韵书中"平水韵""十三辙"等经过必要的修订重新出版。

　　不难预料，这种多韵并存的局面会持续一个相当长的时期。同样不难预料，今韵作品由于同当代语言的一致性，自会拥有越来越多的读者和吟者，古韵作品的读者和吟者则会越来越少。这种情况会反过来推动诗人词家越来越重视今韵诗词的创作，减少古韵诗词的创作，因此，到一定时期，当代诗词创作可以指望在采用今韵方面取得较大程度的统一。声韵大统一之日，将是中华诗词大振兴之时。

　　用历史发展的观点看问题，诗词作品中今古声韵并存的局面将长期存在，中国是诗的国度，悠悠数千年间，诗人辈出，佳作如林，诗词遗产极为丰富，它是促进国民文化素质取之不尽用之不竭的源泉，我们决不能因为提倡今韵创作便把这些古韵典籍束之高阁，况且，采用古韵创作当代诗词的情况还将继续一个时期。更何况，随着时间的推移，今天的今韵也会变为明天的古韵。因此，任何时期，都不能对古韵作品取遗弃和排斥态度。

　　唯一正确的方针是：倡今知古，对格律诗词的声韵如此，对整个传统诗词亦应如此。中国文字改革中，提倡简化字，当然必要，但不宜以简化字取代繁体字和禁用繁体字，一经取代和禁用，便会造成新的文盲——不再认识繁体字了，外国的文字改革中有此教训，我国的文字改革中也应注意吸取这样的教训，所以有识之士提出了"写简认繁"的建议。

首先，我们是社会主义国家，如果说，在长期封建统治的旧中国，劳动人民处于贫困愚昧状态，无法鉴赏传统诗词的话，那么，现在人民已成为我们国家的主人，经济生活和教育状况已经改善，已经有为数广大的群众开始具备了阅读和鉴赏传统诗词的基本条件，因此我们有义务向人民普及诗词知识，培养鉴赏能力，使传统诗词成为促进社会主义精神文明和增进国民文化素质的重要力量。

其次，我们的奋斗目标是共产主义，作为人类最高理想的共产主义社会，物质将极大地丰富，教育程度将极大地提高，人们将全面发展为共产主义新人，当然，传统诗词到那时的发展状况现在尚难预卜，但传统诗词的丰富遗产到那时将会被更加珍视，更加熠熠生辉，则断然无疑，由此不难设想，到那时，对传统诗词的阅读、鉴赏、研究、创作，将成为共产主义新人们的生活必需，传统诗词将进入一个空前繁荣和光芒四射的崭新的时代。

现在，为数越来越多的人既懂今韵又懂古韵，逐步提高传统诗词的鉴赏能力，我们必须从多方面进行工作，今年三月间，我跟范敬宜、傅璇琮、张常海、张西洛等政协委员在全国政协八届二次会议上的联合发言中建议：大学中文系应设诗词必修课，中文系毕业的学生应该学会创作符合格律的诗词；增加中小学语文课本中的诗词数量，而且应该安排关于诗词格律的知识短文；有关报刊，开辟诗词栏目，报刊文艺部门应有懂得传统诗词的编辑，提高选稿质量；由中国社科院文学研究所、语言研究所和中华诗词学会牵头，组织专家、学者尽快制定出当代诗韵。这些建议为加强国民诗教所必需，希望有关部门给予支持。

诗词吟诵也是繁荣诗词创作和普及诗教的重要方法。传统诗词从来与吟诵结缘。吟诵是诗词创作的一种手段，所谓"吟安一个字，捻断数茎须"，吟诵是诗词音乐美的检测器，所谓"新诗改罢自长吟"，吟诵是诗词向民间传播的媒介和为人民喜闻乐见的标志，因此，我们要提倡诗词吟诵，积极开展群众性的诗词吟诵和演唱活动，诗人雅集应做到每会必吟，电视台应经常出现诗词吟唱节目，戏曲会演、文娱晚会以及歌舞厅、音乐茶座、卡拉OK等文娱场所要尽可能添加诗词吟诵和演唱。中华诗词学会还计划与有关部门合作，在近一两年内举办一次全国性的诗词吟唱大会演。我以为，这种群众性的吟诵活动的广泛开展，会为普及国民诗教、繁荣诗词创作带来很大的益处。

我还想就旧瓶、新酒与声韵改革的关系说点看法。

什么叫旧瓶？旧瓶是指传统诗词中已有的各种诗体，包括格律诗词在内，不同诗体有不同的容量和特性，可任意择用，实行创作自由原则。

格律诗词，主要是指篇有定句，句有定字，字有定声，讲究平仄、对仗、粘对等，这是我们的先人根据中国语言的特点和规律，在长期诗歌艺术实践中的伟大创造。诗词格律这种形式具有形体美和音乐美的双重特点，符合中华民族的审美情趣，极大地提高了传统诗词的艺术魅力。可以毫不夸张地说，格律诗词这种旧瓶，是诸多旧瓶中的精品，具有较高的鉴赏价值和使用价值。什么叫新酒？新酒是指当代题材、当代思想、当代情感、当代语言，中国诗歌发展史中，长期存在新旧体诗并存，即新瓶装新酒与旧瓶装新酒这两种情况都有的局面，许多大诗人、大词家，例如李白、杜甫、苏轼、黄庭坚，都是兼擅各体的大家。

近现代，传统诗词尽管曾受到五四新文化运动的冲击，长期处于被歧视被压抑地位，然而仍为若干著名文学家、诗人、政治家、军事家所看重，为"旧瓶装新酒"作出了贡献，例如鲁迅的《自嘲》，毛泽东的《沁园春·雪》《蝶恋花·答李淑一》等，就是这种"旧瓶装新酒"的典范。既然诗词格律是一种可供装新酒的旧瓶，那就应当珍惜它，爱护它，充分使用它，有人倘若不喜欢这种旧瓶，或不习惯于使用这种旧瓶，尽可以选用其他旧瓶，或另制新瓶，却万万不可把这种旧瓶打碎，道理很简单：你不用，别人还要用呢。

也有人是赞成"旧瓶装新酒"的，却划不清旧瓶与新酒的界线，对格律诗词的声韵改革怀有无穷忧虑。我们应帮助这些人从无穷忧虑中解放出来。

声韵改革是属于旧瓶的范畴呢，还是属于新酒的范畴呢？应当说，它属于新酒的范畴。换句话说，声韵的改革是属于诗词内容的改革，而不属于诗词形式的改革。这种改革，只是用今韵替代古韵，并非取消用韵；只是用普通话读音标准定四声、定平仄，去替代用古汉语读音标准定四声、定平仄，并非否定声律，取消平仄。一言以蔽之，这种改革只是以现代语言取代不再适用的古代语言。至于格律诗词中的诸规范，如篇有定句，句有定字，字有定声，对仗、粘对等等，都一仍其旧。可见这种改革丝毫无损于格律诗词的形体美与音乐美，而且由于形式与内容的统一，会更增强格律诗词的艺术魅力。

《中华诗词》1995年第2期

| 论文 |

《中华诗词》创刊一周年雅集讲话

《中华诗词》杂志是作为中华诗词学会的会刊而创办的。它的任务是为振兴传统诗词提供园地,开设论坛,进行交流和指导。一年多来,它披荆斩棘,辛勤耕耘,忠实地履行着自己的职责,尽管还有缺点,有待改进,但总的看是办得比较好的,它开始办出了水平,办出了特色,受到了诗词界和社会各界的欢迎和赞许。在此,我谨代表中华诗词学会对《中华诗词》杂志的成就和贡献表示热烈的祝贺!对中宣部中国作协新闻出版总署及各方面所给予的关怀和支持表示诚挚的谢意。

一周年,就历史的长河说,它是短暂的一瞬;但对办传统诗词刊物来说,却是一个重要的开端,一段艰辛拼搏的历程。中国素称诗国,但是像《中华诗词》杂志这样受到党和国家关注,由全国性艺术社团主办,专以振兴传统诗词为己任,而又面向海内外公开发行的刊物,在中国诗词运动史上还不多见。尤其是《中华诗词》杂志是诞生在我们伟大的社会主义时代,诞生在传统诗词曾经被"打倒"半个多世纪后的今天,则更加难能可贵。应当说,它的诞生反映了人民的心愿、时代的需要,是改革开放的硕果、百花齐放的香葩,也是传统诗词自身具有强大生命的生动体现。因此,我们呼吁全社会都来爱护和扶植这个刊物,务必促进它茁壮成长。

《中华诗词》杂志的茁壮成长,对我们繁荣诗词创作,壮大诗词队伍，促进精神文明建设，有着不可忽视的重要的意义。

　　振兴传统诗词任重而道远。我们要在继承优良传统的基础上勇于革新，使当代诗词能够反映时代，深入生活，走向大众。唐代大诗人白居易说得好："文章合为时而著，歌诗合为事而作。"在今天，能不能反映时代，深入生活，走向大众，是振兴传统诗词事业成败的关键所在。我们整个诗词界都要认真研究和解决这样的任务，《中华诗词》杂志则理所当然地要首先承担起这样的任务。我衷心地希望，《中华诗词》杂志在党的基本路线和"二为"方针的指导下，继续发扬艰苦奋斗精神，兢兢业业，锐意改革，不断提高编辑和印刷质量，努力做到雅俗共赏，扩大发行，为推进中华诗词事业作出新的更大的贡献。

《中华诗词》1996年第1期

| 论文 |

传统诗词与青年

古往今来，传统诗词一向同青年有着密切的关系。

中国素称诗国。看重诗教是中国文化的优良传统。诗教的主要对象是青少年。长时期内，许多诗词被当作儿歌供少年儿童背诵、吟唱；学校有诗词课；报刊有诗词园地；音乐、舞蹈、戏曲、小说、美术……大都与诗词结缘；许多明白晓畅语新意妙的诗词被广为传诵，家喻户晓。在这样的社会环境中，青少年随时会受到传统诗词的感染、熏陶，传统诗词成为青少年启蒙教育的教材和规范人们的道德行为的工具。

由于传统诗词同青年关系密切，许多诗人词家还在青年时期便爱上了传统诗词，并从事诗词创作，有所成就。

例如：唐代诗人中，"独在异乡为异客，每逢佳节倍思亲"的名句是王维17岁时写的。

吟出"男儿何不带吴钩，收取关山五十州"的李贺，死时年仅27岁。善于吟诗作文，因撰写《滕王阁序》名声大噪的王勃，死时才28岁。

李白25岁时即辞亲远游，饮酒赋诗，小有名声。他创作著名诗篇《蜀道难》和《清平调》时，仅40来岁。杜甫"七龄思即壮，开口咏凤凰"，二十七八岁时即漫游吴越齐赵，作诗交友，有"致君尧舜上，再使风俗淳"的抱负。杜甫写《兵车行》时41岁，写《三吏》

《三别》时49岁，写《茅屋为秋风所破歌》时51岁。杜甫的诗作由于忧国忧民，"语不惊人死不休"，影响深远，赢得了"中国诗圣"的美誉。

　　许多当代诗人也是从青年时代起便热爱诗词，有所成就的。例如：鲁迅23岁时写的七言绝句《自题小像》，无论思想和艺术都已达到很高水平。陈毅元帅20来岁开始写诗。他35岁时的不朽名作《梅岭三章》惊天地而泣鬼神，表现了无产阶级革命家临危不惧、视死如归的英雄气概。毛泽东同志从十几岁便热爱传统诗词，从事诗词创作。他27岁时曾以"丈夫何事足萦怀，要将宇宙看稊米"的诗句抒发自己的凌云壮志。他32岁时的不朽名作《沁园春·长沙》，不知倾倒了多少中外读者。毛泽东的诗词想象丰富，气魄宏大，寓意深刻，意境高远，富有时代精神，从而把传统诗词推向了一个新的高峰。

　　当代青年中蕴藏着学习和创作传统诗词的巨大热情。近些年来，随着中华诗词之振兴，各地诗社林立，诗刊纷出，诗赛迭起，已有越来越多的青年进入诗词爱好者和诗人词家的行列，有些青年诗人既尊重传统，又勇于创新，在当代诗词创作中取得了显著成就，证明他们无愧于我们的古人和我们的时代。

　　传统诗词之所以与青年一向有着密切关系，还有一个重要原因，是传统诗词特点同青年特点的一致性。

　　我们的古人曾对传统诗词特点作过非常精到的表述，即诗言志，情动于中而形于言，言之不足故嗟叹之，嗟叹之不足故永歌之，永歌之不足不知手之舞之，足之蹈之也。富于理想，积极进取，热爱生活，坚持真理，则是青年人的特点。因此，传统诗词中那些忧国忧民的爱国情思，爱憎分明的正义呼唤，可歌可泣的英雄形象，针砭时弊的含蓄，以及豪放或婉约的多样风格，获得了青年的共鸣、喜爱；也因此，青年最乐于采用诗词形式来表达自己的思想、情感和境遇。

传统诗词的先进思想和艺术魅力，对青年的感染力非常之大，以致许多青年就是因受雄词丽句的鼓励而敢于同旧社会决裂，走到革命征途来的。可以毫不夸张地说：青年是传统诗词的天然爱好者，也是传统诗词继往开来的接班人。

遗憾的是，五四新文化运动中的无政府主义倾向中止了中国文化的诗教传统，割断了传统诗词与人民大众，尤其与青年的密切联系。

五四新文化运动在提倡白话文的同时，创造了白话的新诗体。这种创造，为诗坛增添了新品种、新形式，是大好事，应当肯定。缺点在于，对传统诗词一律加以否定、打倒，使传统诗词长期处于被排斥、被歧视、被冷落地位。

五四运动之后，尽管不少人又"勒马回缰写旧诗"，鲁迅、郭沫若、毛泽东、董必武、陈毅、叶剑英等著名文学家、革命家，在传统诗词创作与改革方面取得了光辉成就，用事实表明了传统诗词的强大生命力，然而总的说来，这个时期传统诗词受排斥受歧视的地位并未得到根本改变。

现在，新体诗已在青年中产生了广泛影响，我们应促进新体诗的改革和发展，以继续扩大其影响。但同时还应看到，单是一种新体诗，是远远不能适应青年的特点和要求的。正如"文革"期间八个"样板戏"远不能满足广大京剧爱好者的要求一样。天安门事件中，许多知识青年出于义愤，竞相用传统诗词形式来表达对"四人帮"的控诉和仇恨，也可以说明这个问题。所以，对待诗歌，要像对待其他艺术一样，应坚决实行百花齐放。新体诗与旧体诗，是中国诗坛的姊妹花，要共存共荣，各擅其美，各尽其责。在诗坛的各种体裁面前，人们可以"萝卜白菜，各有所爱"。

特别值得指出的是：从五四到现在已将近一个世纪了，就是说，已有好几代人是从同传统诗词处于流远、隔离、陌生的状态中走过来的。这就是今天的诗词队伍不仅数量很少，水平不高，而且严重老化的历史原因。

这就是当代为数广大的青年处于诗词门外，对传统诗词不了解，不熟悉，徘徊观望，以至敬而远之的历史原因。

据北京市诗词学会估算，其会员中30岁以下的青年约占2.5%。全国各地的情况恐怕也不相上下。用发展的观点看问题，当代诗词队伍的这种老化状况，以及广大青年被置于诗词门外的状况，潜藏着一种严重的危机，即自然法则无情，照这样下去，到下个世纪，传统诗词将陷于后继无人的悲惨境地。

现在，我们的国家正处于伟大的社会主义时代。青年是我们国家的未来，也应当是中国诗歌事业的未来。一方面，青年需要传统诗词，传统诗词是中华民族优秀的文化遗产，也是建设社会主义精神文明的重要内容。青年应当从传统诗词中学到爱祖国、爱人民等优秀品德，培养自己成为有理想有文化的新一代。

另一方面，传统诗词需要青年。传统诗词的历史遗产需要青年一代去继承发展，当代诗词的振兴和改革需要青年一代的积极参与。应当说，没有青年的广泛参与，便没有传统诗词的振兴、发展与繁荣。积极向青年提倡传统诗词，帮助青年学习传统诗词，爱好传统诗词，并从青年中培养出无愧于我们时代的诗人、词家，应当是当代诗词工作者刻不容缓的战略任务。

向青年提倡传统诗词，帮助青年学习和爱好传统诗词，完全符合青年特点和诗词发展规律，符合广大青年的共同愿望。

过去一个相当长时期内我们没有向青年提倡传统诗词，原因是一怕束缚思想，二怕学之不易。出发点是为了爱护青年，但用实践观点来看却是过虑。

从传统诗词的大量名篇和佳句中，我们看到了一个令人信服的事实，即人们的思想并未因诗词的形式而受到"束缚""压抑"，而是使它更确定、更鲜明、更深邃、更具有说服力和感染力了。例如杜甫的《春望》、陆游的《示儿》、岳飞的《满江红》，都把人们的爱国情思推向极致；李清照的"生当作人杰，死亦为鬼雄"，文天祥的"人生自古谁无死，留取丹心照汗青"，陈毅的"此去泉台招旧部，旌旗十万斩阎罗"，体现了正义凛然、视死如归的高尚情操；李白的"长风破浪会有时，直挂云帆济沧海"，毛泽东的"宜将剩勇追穷寇，不可沽名学霸王"，是激励人们胸怀大志、奋勇向前的战鼓；杜甫的"朱门酒肉臭，路有冻死骨"和《茅屋为秋风所破歌》，白居易的"可怜身上衣正单，心忧炭贱愿天寒"，则是关心民生、警惕腐败的座右铭，等等。类似的名篇佳句，真是不胜枚举。面对如此深刻而形象的思想成果，谁能说这是传统诗词形式"束缚"出来的呢？

诗词的内容，包括思想、情感、意境，如同空气，可膨胀，也可压缩。诗词的形式，包括字句、平仄、韵律等，是载体，容量可大可小，技巧可粗可精。总之无论内容与形式，都具有伸缩性，给人们留有广阔的创作天地。

诗词创作是一种使内容与形式达到完美统一的复杂过程，关键在于要不断提高诗词修养，学会掌握内容与形式相统一的创作本领。掌握了内容与形式相统一的创作本领，就不会感到束缚，而是"从心所欲不逾矩"了。中国传统诗词的伟大成就充分证明，传统诗词不仅不会束缚思想，恰恰最善于表达思想，精炼思想，让思想闪闪发光。

艺术品种不同，其功能也自当各异。我们不能要求诗词像散文那样，"想怎么说，便怎么说"。"想怎么说，便怎么说"，也许会成为一篇文章，但永远不会是诗，至少不会是好诗。同样，毛泽东的将革命进行到底的思想，若长篇大论，自无不可，却很难替代"宜将剩勇追穷寇，不可沽名学霸王"诗句的艺术魅力。

我们是形式与内容的统一论者。形式决定于内容，为内容服务，而一定的内容又必须存在于一定的形式。中国传统诗词的形式曾有过诸多变革，但都因形式与内容的相适应而取得成就。尤其唐代以来，在总结中国语言规律基础上创造的格律形式，则推动传统诗词由一个高峰跨入另一个高峰。

诗词创作中内容与形式是矛盾对立的统一体。好比匠人加工器物，内容即其加工的对象，形式则是匠人为加工器物采用的规矩。如果问：规矩对器物有束缚力吗？回答是当然有，而且必须有，"没有规矩不能成方圆"么。规矩对加工品来说具有两重作用：既"束缚"加工品，又"提高"加工品，使之成为无论形体和质量都符合标准的器物——理想的完成品。规矩有宽严高低之别。一般地说，规矩越严越高，则所制作的器物越合标准，越有质量。这是千古不移的定理。在诗词创作中，诗词的内容与形式之间的关系也正是如此。我们不应该只讲诗词形式对诗词内容"束缚"的一面，而不讲诗词形式对诗词内容提高的一面。五四时期，一些"勒马回缰写旧诗"的人自我认为"戴着脚镣跳舞"，这更加荒唐可笑。请问：古往今来，有哪个舞蹈家是戴着脚镣跳舞的呢？如此说来，我们伟大祖国文化宝藏中的诗词遗产岂非成了"枷锁"下的产物？学之不易，是事实，但并非学不来。重要的是，要知难而进。

凡艺术，都有难度。例如，黎族舞蹈中的打柴舞，节奏明快，活泼惊险，演员必须在竹竿纵横撞击中按照既定节奏灵活跳跃，否则随时有被打断脚骨的危险。芭蕾舞演员的旋转动作轻柔、潇洒，令人心旷神怡，但其连续旋转动作的基本功，按国际标准必须达到36转。梅兰芳的拿手戏《贵妃醉酒》《宇宙锋》《霸王别姬》等，场场能做到炉火纯青。从某种意义上讲，艺术没有一定难度，便不成其为艺术；相反，难度越高，便越能产生艺术的魅力。传统诗词也是这样。传统诗词源远流长，蕴藏丰厚，格调高雅。数千年来，传统诗词所以经久不衰，为人民喜闻乐见，就因为它是一种学之不易的优秀艺术。我们必须以"吟安一个字，捻断数茎须"的精神去从事诗词创作。当然，只要经过辛勤努力，传统诗词是可以学得来的。

掌握诗词艺术，从事诗词创作，往往需要付出毕生精力。唯其因为学之不易，所以更需要青年的投入。

我们要求广大青年养成诗词爱好，以增进文化素质，丰富文化生活。我们不要求青年人人都做诗人，但要求有大量青年进入诗词创作者行列，并从中培养出著名的诗人、词家。学校应当设立诗词课，有关报刊应开辟诗词园地，把青少年作为普及诗词文化的首要对象。对青年的诗词学习与创作活动，社会各界应给予热情支持，对成绩卓著者加以表彰。诗词社团要重视发展青年社员，逐步克服本身的老化状态。中老年诗人要把培养青年诗人当作义不容辞的天职。青年诗人和青年诗词爱好者较多的地方，可在当地诗词团体的支持下建立青年诗社，多开展适合青年特点的诗词活动。

为了密切传统诗词与广大青年的联系，传统诗词本身要加大改革力度，坚定地沿着"反映时代，深入生活，走向大众"的方向前进。

时代在前进。经济在腾飞。教育在普及。诗词在振兴。这些都为当代青年学习掌握传统诗词创造了良好的环境和条件。广大青年热爱传统诗词之日，将是传统诗词大振兴大繁荣之时。让我们设法加强传统诗词与青年之间的密切联系，为实现传统诗词的大振兴大繁荣而共同努力吧。

《中华诗词》1996年第4期

应当提高传统诗词的地位和作用

近年来，我做了点诗词工作，交了些诗界朋友，也有了点发言权。前几次政协全会上，我个人，或联合其他委员，曾就振兴传统诗词说了些意见。这次全会，我愿本着"知无不言，言无不尽"精神，再就提高传统诗词在精神文明建设中的地位和作用说点意见。去年全会，我同几位委员在联合发言中表示，为迎接香港回归，进行爱国主义教育，赞成并支持中华诗词学会等举行"回归颂"中华诗词大赛的倡议。现在，我高兴地报告大家：这个倡议已经变为行动。具体地说，文化部和作协正式批准了这个倡议。诗赛得到了社会各界广泛的赞同和响应。从全国到地方，有20多个诗词团体、新闻单位参与兴办，共襄盛举。好多位知名人士出任大赛组委会名誉主任、顾问和实际领导职务。一些著名诗人词家组成评委会，承担了诗词的征集、评选任务。有些党政机关、诗词团体和企业家勇挑重担，积极支援，使诗赛得以顺利进行。这次诗赛可谓盛况空前。在短短100天的征稿期间，参赛者遍及全国各省区以及海外20多个国家和地区，计22000多人，有效作品达5万首，创造了历次诗赛的最新纪录。初评印象，许多诗篇激情满怀，诗味隽永，展现了爱国主义的主旋律和艺术魅力。参赛者热情之高更令人感动。其中年龄最小的只有7岁，年龄最大的已是百岁老人。还出现了祖孙三代同堂赋诗，夫妻双双推敲联句等动人事迹。今后几个月，大赛组委会还将认真做好终评，通过颁奖、出书、吟唱大会和书画再创作等，来扩大诗赛的效果和影响。总的说来，这是一次在社会主义时代高举爱国主义旗帜，在全国规模上广泛进行的诗词创作活动，是中国诗歌运动史的新纪元。我们有充分信心，争取这次诗赛圆满成功。如果问：是一种什么力量具有如此之大的感召力和凝聚力呢？我们可以理直气壮地回答，是诗，是香港回归这个堪可自豪而又意义深远的重大题材和千百年来支撑起中国文学殿堂的传统诗词，使广大诗词作者得以抒发自己不同凡响的爱国情怀！爱国主义是人类在长期历史发展中积淀而成的一种精神，是人们对于自己祖国最深厚、最持久、最忠诚的一种民族感情。在我国，这种最崇高、最伟大的感情，借助于传统诗词这一民族艺术形式，得到了最强烈、最充分的体现。无论是古代诗人屈原、杜甫、陆游、文天祥、岳飞，无论是近现代诗人秋瑾、鲁迅、毛泽东、于右任，在他们丰富多彩的伟大诗篇里，无不回荡着爱国主义的最强音。传统诗词也是我中华民族凝结民族精神，联系海外游子，呼唤祖国统一的重要纽带。全国政协副主席马万祺先生与著名学者、诗人蔡厚示先生所达成的共识是颇具代表性的：即无论世界上的哪个国家，凡是有华人的地方，就有中国传统的唐音宋韵在回荡，就有我们当代诗人在歌唱！传统诗词也是精神文明建设的丰富资源，是增进国民文化素质的重要条件。传统诗词经过改革与创新，还能够进一步适应时代，深入生活，走向大众。因此，关于诗词的学术研究，教育普及，人才培养，编辑出版，对外交流以及当代诗词的创作、推广等等，有大量工作要做。只要我们高度重视，努力开发，充分发挥其社会功能，传统诗词自会为促进社会主义精神文明作出重大贡献。不错，传统诗词在五四运动中曾经被打倒过，而且这以后的半个多世纪里，一直处于被冷遇被歧视地位。然而令人深感欣慰的是，它打而不倒。五四运动后许多著名文人"勒马回缰写旧诗"的事实，丙辰清明天安门成千上万首诗传单的事实，近年来诗词社团林立，诗刊纷出，诗赛迭起的事实，尤其毛泽东诗词成为新的历史高峰的事实，都为"打而不倒"提供了有力的证据。为什么传统诗词生命力如此顽强？它在社会主义精神文明建设中应当居于何种地位和发挥何种作用？为贯彻中共十四大六中全会决议精神，我们要不要进一步振兴传统诗词，并加强对它的投入和领导？我以为，这都是值得我们认真思考的问题，是社会主义精神文明建设中具有战略决策性质的问题。据我看，传统诗词所以具有顽强生命力，最大原因有三：一是传统诗词是中国语言文字特殊规律的产物。它具有民族特点和中国气派，易懂，易记，易于传诵，能给人以美的享受。这是传统诗词经久不衰最根本的原因。二是传统诗词源远流长，卷帙浩繁，名篇如林，名句如珠，又长期处于中国文学的主导地位，渗透于小说、戏剧、曲艺、歌舞、音乐、美术、书法等各个领域，与人们的文化生活结下了不解之缘。三是诗词形式毕竟是一种载体，可以服务于不同内容，与时代同步。随着时代的发展，语言文字的变化，传统诗词也必会有所创新，以至会出现新的诗体，但作为具有格律特点的诗词形式，将永远存在。海外一位著名华侨诗人说过一句含义深刻的话："传统诗词是一条永远打不死的神蛇。"以诗词创作树起了当代艺术高峰的毛泽东同志，早在20世纪50年代就曾预言："旧体诗是一万年也打不倒的！""因为这种东西最能反映中华民族和中国人民的特性和风尚，可以兴观群怨嘛！"传统诗词不仅不应该打倒，而是应该大力提倡。五四新文化运动是中国近代史上一次伟大的革命运动。由于历史的局限，当时运动中出点偏差，不是不可以理解的。我们要善于总结历史经验，发扬其革命精神，克服其消极影响，并经过必要的改革和发展，使传统诗词成为促进社会主义精神文明的重要力量。不久前，江泽民总书记在全国六次文代会和五次作代会上说："中华民族，是以诗经、楚辞、唐诗、宋词、元曲和明清小说为人类文明画廊增加辉煌的民族，是产生了屈原、李白、杜甫、关汉卿、曹雪芹这些世界文化名人的民族。"他还指出："我们的文艺只有首先赢得中国人民的喜爱，具有中国风格、中国气派，才能堂堂正正地走向世界和屹立于世界文化之林。"我们从江泽民同志的论述中受到了巨大鼓舞，也更加明确了前进的方向。毫无疑问，传统诗词，正是最具中国风格、中国气派并且为人民喜爱的文学形式。历史和现实已经证明一个这样的真理：即文学艺术越是具有民族特色，也越是具有世界意义。中国历来被称为诗的国度。而这一荣誉的获得，不正说明了传统诗词迷人的魅力和不朽功勋吗？然而，一个非常令人尴尬和焦虑的事实，恰恰是传统诗词这块最具民族特征的文化瑰宝，在享有世界声誉的同时，却在它的故乡中国处于一种不被重视，可有可无，甚至未被认可的境地。应当肯定，自新时期以来，在邓小平同志改革开放英明决策的指引下，在中央有关部门和有关领导的热心支持下，传统诗词正处于振兴过程，并取得了许多成绩，开始成为运用民族形式，弘扬民族文化、振奋民族精神的一支力量。但也不可否认，传统诗词从五四运动以来所遭受的被冷遇、被歧视的状况还没有得到根本的转变。尽管事情已经过去了七八十年，尽管当年一并被否定的如"旧戏""旧画""旧医"等，都已逐渐分别作为京剧、国画、中医在蓬勃发展并频频放出异彩。但唯有历史最长、影响最大，也最令中华民族引以为傲的传统诗词即所谓"旧体诗"，至今却仍然在当代文坛的大门之外徘徊。其步履维艰，可想而知。我竭诚拥护中共中央关于加强精神文明建设的决议和江泽民同志在两代会上重要讲话的精神。从精神文明建设全局看问题，我认为，应当按照百花齐放方针，彻底克服五四以来的消极影响，提高传统诗词在社会主义精神文明建设中的地位和作用。我的具体建议是：党、政府及有关部门对传统诗词，要与新体诗、小说、戏剧、曲艺、美术、摄影、音乐、舞蹈、书法等艺术门类一视同仁，为之定编定员，提供经费，加强指导，全面推进诗词事业。我还建议加强新体诗与旧体诗的联系与合作，并经过适当步骤，建立包括各种诗体在内的中国诗人协会，统一归入文联建制，以进一步加强中国的诗词事业。以上意见不一定都对，望指正。如能引起有关决策部门加以重视，作些探讨，则我抛砖引玉的目的便达到了。

《中华诗词》1997年第2期

| 中兴诗国赖群贤 |

走向大众与改革创新

　　同中国历史上的任何时代比都可说明，我们今天的社会主义制度开创了一个崭新的时代。作为社会主义文艺之一的中华诗词，必须在继承传统的基础上经由改革、发展，使之适应社会主义制度，开创社会主义时代诗词的新纪元。我们的方针和口号是：适应时代，深入生活，走向大众。

　　现在，我们正为贯彻实施这样的方针和口号而努力奋斗。

　　随着诗词事业的振兴和发展，尤其在各级学校中普遍加强诗词教育，传统诗词的断代问题将得以缓解，以至消除，从而出现令人振奋的诗词走向大众，即诗词大普及的新局面。我们将竭尽全力迎接这个新局面的到来。

　　现在的问题是，我们必须学会用马克思主义观点辩证地认识和处理中华诗词走向大众与改革创新的关系。即一方面，中华诗词不改革创新，不可能走向大众，即使一时间人为地走向大众了，也会最终为人民大众所摒弃，而走出大众，脱离大众；另一方面，中华诗词不走向大众，也不可能改革创新，因为大众生活，是当代诗词改革、发展的源泉，当代诗词一旦脱离人民大众，脱离沸腾的生活，诗词创作便会陷入无本之木无源之水的困难境地。所以，我们必须把走向大众与改革创新结合起来。走向大众与改革创新的共同前提是适应时代与深入生活。

过去，我在一些讲话和文章中曾就这些问题说过一些意见。现在想从走向大众与改革创新相统一的观点继续说点具体意见，供诗友们研究参考。

一、关于题材

根本地说来，任何题材，都可以入诗。过去，现在，今后，都如此。但时代变了，诗词创作的题材也必须有所选择，有所侧重。

闺怨诗，这在旧中国，是永恒的题材。

"打起黄莺儿，莫教枝上啼。啼时惊妾梦，不得到辽西。"（金昌绪《春怨》）"闺中少妇不知愁，春日凝妆上翠楼。忽见陌头杨柳色，悔教夫婿觅封侯。"（王昌龄《闺怨》）诸如此类的诗作，在旧中国脍炙人口，久诵不衰。但这毕竟是旧时代中的产物。那时，妇女处于被压迫被歧视的社会底层，倘得夫妻恩爱，妇女尚可从丈夫身上得点慰藉。而一旦丈夫外出当兵、经商，远离家乡，即陷于孤立无援之悲苦中，其思夫情感怨悔心理，即成为可以理解的了。所以，那时的闺怨诗，深得社会正义人士的同情和赞许。现在，时代变了，"好男儿志在四方"。妇女拥有了男女平等和参与社会活动的正当权利。在这种新的情况下，人无分男女，地无分南北，人们所从事的，多是有利于国家、人民的正义事业，并且安全有所保障，旧时的闺怨已失去了存在基础，而代之以新时代的"半边天"地位。所以，有关这类题材的诗作也开始从基调和感情上发生了变化。如我最近读到的一首杨济宪的七言绝句《春闺乐》："燕舞莺歌闹翠楼，闺中少妇耨田畴。忽闻边郡新功报，汗透红妆带笑流。"当代从多方面歌颂新女性的诗篇则更多。

赠别诗，总地看，也有点过时。古典诗中，王维的《送元二使安西》："渭城朝雨浥轻尘，客舍青青柳色新。劝君更尽一杯酒，西出阳关无故人"，被称为千古绝唱。旧中国在音书难通、兵荒马乱的情况下，友人相别，往往意味着生离死别。所以，许多赠别诗都能震撼人心，博得广泛的社会同情。今天是新的时代，人们无论参军卫国，或走南闯北，大都在为社会主义建设事业而奋斗，其意义远非往昔所比，而且大都受到国家的关怀，生命安全有所保障。在这种新的情况下，友人相别，未必不是幸事，乐事，甚至有更高尚的意义在。亲人相别难道还有必要悲悲切切吗？

最近我读过一些当代赠别诗，令人高兴的是，其思想感情确实发生变化。如碧玉箫的《新从军行》："顷接家乡信，方知母病危。思儿情更切，尚嘱卫边陲。"何重城的《中秋望月有寄》："年年此夜望长空，今夕中秋忆抗洪。一片相思如月色，清光脉脉寄英雄。"贾百卿的《送小儿赴法兰西》："非为观光非旅游，为寻鬼斧赴西欧。手操利器归来后，再造中华万尺楼。"同样是分别、思念，这些诗句中却充满着健康的、令人鼓舞的情调。值得注意的是，现在也还有些赠别诗，未脱开旧时的窠臼，有些"为赋新词强说愁"的味道。总地看，今天的赠别诗，因不符合新时代精神，一旦陷入无端感伤，成功者就少。

新时代的边塞诗也要有所变化。旧边塞诗，有的谴责非正义战争，有的揭露军队内部腐朽，有的报道边疆艰苦和士兵的厌战情绪，大都具有一定进步意义。这是边塞诗在旧时代颇受赞许的重要原因。今天，边塞诗作为一种题材，仍可继续采用。但其内容，必须更新，即所谓新边塞诗。这种新边塞诗，以歌颂正义战争，宣扬革命军队优良作风，促进军民团结，赞扬军队保家卫国抗洪抢险等英雄行为为内容，对鼓舞士气，促进军民团结，巩固国防，起着重要作用。例如林崇增的《人民解放军参加抗洪抢险》："力挽狂澜天地寒，巍巍泰岳水云间。君看千里江堤上，一个军人一座山。"这如实反映了军队抗洪的英雄业绩，也是对军队抗洪的崇高评价。我读过新疆生产建设兵团编辑出版的新军旅诗集。大家有机会还可以找来读一读。我认为，这本诗集可以说是当代新边塞诗的优秀代表。

更重要的是，社会主义为诗词创作题材开辟了无限宽阔的新天地。中国几千年的封建社会从来没有像今天这样看重劳动，看重生产，看重经济建设，制定一切必要政策和措施，积极推进强国富民的各项事业。今天，我们伟大祖国已作为社会主义强国雄踞于世界民族之林。在以江泽民为核心的中国共产党英明正确领导下，我国人民正在高举马克思主义、毛泽东思想、邓小平理论的伟大旗帜，把具有中国特色的社会主义建设全面推向21世纪。社会主义事业，三百六十行，行行都可以入诗，行行都有可歌可泣可美可刺的人和事。以经济建设为中心的各行各业更是如此。如此广阔的创作领域，如此丰富的创作题材，如此沸腾的生活源泉，是当代诗词家的巨大幸运。我们要发扬爱国主义、社会主义的时代精神，深入当代社会各个领域，用诗词创作为武器，去满腔热情地歌颂劳动，歌颂劳动人民，歌颂经济建设，歌颂日新月异的建设成就，使当代诗词成为促进社会主义精神文明的重要力量。

令人高兴的是，近些年来，抓取当代题材，以盛世讴歌为内容的诗词创作多了起来。

如魏仲文的《瞻天安门》："壮丽皇门向午开，城楼曾屹众雄才。毛公一语惊天地，中国人民站起来。"贺苏的《回归口号》："九七珠还日，百年耻雪时。老夫今有幸，不写示儿诗。"

欧阳鹤的《庆神舟一号发射成功》："一箭神舟报月知，嫦娥泪接雁书时。人间已有航天术，重返家山信有期。"蒋昌典的《农家即景》："归来旧燕有新愁，不见茅篱见彩楼。三匝绕梁终辨认，锄筐仍挂粉墙头。"黄以庚的《不见炊烟》："平端画板架南阡，晚景轻描却愕然。顿悟农家煤气灶，从兹不复起炊烟。"陈寅斌的《暮春田间即事》："夫耕妻整乐忘机，欲插春田怕误期。戏曲且从忙里听，路边随放录音机。"韩盛理的《农民技校》："新月含羞柳上藏，农民技校夜辉煌。阿娇卖菜归来晚，一嘴馒头进课堂。"现在，赞扬劳动者和先进人物的诗词也多了起来。例如师建中的《题海岛哨兵》："小岛天涯即是家，朝迎旭日晚披霞。金睛火眼穿风浪，休想潜逃一尾鲨。"徐中秋的《山村女教师》："涉流扶过小溪东，遍地山花映面红。'拜拜'一声人去后，凝眸犹自送顽童。"石来鸿的《贤内助》："芝兰花灿溢香浓，教子持家第一功。最最难能可贵处，常吹廉洁枕边风。"李正常的《闻郎平毅然回国任职作》："粪土他邦百万金，归情切切意沉沉。太平洋水深千尺，不及阿郎报国心。"

歌颂当代建设和优秀人物的诗篇还有很多。当然，具有思想性同艺术性相统一的优秀诗篇还不是很多。还有些重大题材尚未进入诗人的创作眼界。重要的是，这些诗词显示了当代诗词健康的发展方向。沿着正确的方向前进，优秀诗篇自会愈来愈多。我们的时代优于历史上的任何时代，中华诗词超越历史的新高峰是完全有可能的。对此我们要有充分的信心。

当然，社会主义也有阴暗面。对于社会主义建设中的缺点、失误，及种种落后、腐败现象，我们同样要以有利于广大人民利益和推进社会主义事业为目的，通过诗词创作，勇敢而辛辣地加以针砭和批判。美刺并举犹如鸟之双翼，车之两轮，是前进中不可或缺的辩证法，是当代诗人义不容辞的崇高使命。现在，针砭时弊、讽喻警世的优秀诗篇也多了起来。依我所见，例如熊鉴的《闻国外有人死后献心献眼给病者》："能教枯木再逢春，死后何妨再利民。恨不生心千万颗，遍施天下丧心人。"石来鸿的《钓》："满袋鲭鱼大又肥，官爷塘主笑微微。物资批领无拦阻，借问今番谁钓谁？"冯桂江的《有叹》："下乡车队尽豪华，汇报听完赴酒家。榜样当年焦裕禄，眼中已属过时花。"赖海雄的《过秦淮河》："吧馆灯红酒客豪，画船舞乱曲声娇。凄清唯有河中月，曾是伤心照六朝。"曾静涵的《公费歌舞宴》："公费居然可报销，轻歌曼舞酒香飘。民间疾苦萧萧竹，愧对当年郑板桥。"胡有祺的《夜读闻雨声》："独坐寒窗夜读书，忧时爱国意难舒。隔帘欲问潺潺雨，时下贪风洗得无？"……自然，这样发人深省的诗篇都有利于我们的社会主义事业。

总之，当代诗词创作的成就必须肯定。

当然，也有些诗作或者取材不当，或者水平不高，我们须要加强指导和帮助，并提醒这些作者努力改进。同时还应该注意"气可鼓而不可泄"。诗词创作中的许多缺点和不足，乃是诗词发展过程中不可避免的现象，不必大惊小怪，更不要以老爷态度横加指责，泼冷水。

二、关于诗体

中国的诗体，包括乐府、古风、律、绝、词、曲……可谓体式繁富多彩多姿，诗词创作中根据题材、情感和爱好可自由择用。中国诗体的丰富多彩，是悠久的诗歌发展历程中不断创造、积累的优秀成果。人们在诗歌创作中，对不同诗体任意选择，既为实行创作自由原则所必须，也是繁荣诗词创作的必要条件。

在振兴中华诗词的过程中，在各种诗体自由选择的同时，我们较为看重格律诗体。

这是因为格律体更符合汉语的规律和特点，使诗词具有更高的凝练性、音乐性和艺术魅力。唐诗宋词元曲所以成为中国诗歌发展史的高峰，与遵守一定格律有很大关系。依我看，即使今后的诗体创新，也以保持一定的格律较易成功。

诗律从严，对诗词创作自然有较大约束力，另方面，却也有助于提高诗词的艺术性和生命力。诗人中一切勇于攀登高峰的创造者，是乐于诗律从严的；而且，诗词格律一经熟练掌握，就不再感到约束，反可增添情趣，做到"从心所欲不逾矩"了。当然，对初学者，诗律宜于从宽。新诗体的创造，也以格律从宽为好。在整个社会主义阶段，为适应建设事业的蓬勃发展和人民广泛的文化需求，诗体的运用也应充分贯彻百花齐放方针。过去我们在诗词比赛和诗词出版物中，有时过于提倡律绝诗体，今后应注意改正。有人指出中华诗词学会搞格律诗词的一统天下，这是误解，或是说过了头，应给予必要的解释。

三、关于思想感情

言志抒情是中华诗词固有的特点。好的诗词必须思想性与艺术性相统一。社会主义时代的诗词必须与社会主义时代应具有的思想感情相一致。这是测定当代诗词有无水平有无成就的首要尺度。当代诗词的作者、工作者和爱好者必须加强学习，善于用马克思主义的立场、观点和方法去处理自己的创作题材，检验自己的创作成果。

当代诗人要热爱劳动，热爱劳动人民，着意歌颂从事社会主义建设的英雄业绩。要满腔热情地亲近人民大众，了解他们，歌唱他们。

当代诗人要热爱我们伟大的社会主义祖国，继承中国诗史中的爱国主义传统，热烈歌颂祖国的建设成就、国际威望和促进祖国统一的行动。

当代诗人要提高政治素质，奉公守法，爱憎分明，支持一切有利于人民利益的正义言行，敢于同各种丑恶、腐败现象作斗争。总之，当代诗人应是人民的诗人。诗中有我，我必为人。诗人的心目中和作品中永远不要离开一个大写的"人"字。

请不要以为我这是在唱高调。不，我是在说"山东大实话"。社会主义时代的诗人必须具有社会主义的先进思想。思想是行动的指南。有先进思想，便会有健康感情。不树立先进思想，不培养健康感情，所谓开创社会主义时代诗词新纪元，所谓走向大众，永远是一句空话。

四、关于声韵

这个问题，我曾在一篇文章中比较系统地阐明了我的观点。这篇文章，得到了诗词界的广泛赞同。现在是如何加强改革力度，迅速落实的问题。

随着在各级学校中加强诗教和让诗词走向大众，诗韵改革来得更迫切了。现在许多地方开始涌现出一些诗韵改革的先驱者。他们拥护中华诗词学会的主张，赞同在允许多韵并存的同时，大力提倡和着手推行现代声韵，有的并编订韵谱，出版试行。这很好。提倡和推广现代声韵，符合语言发展的规律，为繁荣当代诗词创作所必须，是广大诗词界、青少年，和广大人民群众的共同要求。中华诗词学会已委托广东等地诗词组织着手进行新韵谱的编写工作。为迅速推广新声韵的需要，最近中华诗词学会议定，拟与《中华诗词》杂志合作，在2001年上半年内，先编个简谱出来，由《中华诗词》杂志刊载试行，在试行中不断加以充实和完善。

五、关于语言

声韵是语言，但不是语言的全部。为了让诗词走向大众，我就语言的通俗尚须说点意见。

五四运动当年，提倡白话文，反对文言文，是对的。但是，把传统诗词完全列入文言范畴，同文言文一齐打倒，则失之偏颇。诗词追根寻源，来自民间，又要回到民间，其用语从来并非都是文言，或者在某种程度上可以说有大量明白晓畅、生动活泼的民间语言。例如李白的《静夜思》："床前明月光，疑是地上霜。举头望明月，低头思故乡。"孟浩然的《春晓》，刘禹锡的《竹枝词》，杜甫的"三吏""三别"等以及词曲的大量用语，都明白晓畅通俗易懂，怎能同文言文等同呢？所以，单就语言本身的通俗性讲，打倒传统诗词是一大冤枉。今天我们振兴中华诗词，让诗词走向人民大众，应该认真研究传统诗词中的语言艺术，发扬其通俗易懂明白晓畅的优良传统。

"口语可不可以入诗?"这是传统诗词中早已解决了的问题。例如刘禹锡《竹枝词》中的"东边日出西边雨,道是无情却有情",孟郊诗中的"慈母手中线,游子身上衣。临行密密缝,意恐迟迟归",李绅《悯农》诗中的"锄禾日当午,汗滴禾下土。谁知盘中餐,粒粒皆辛苦",马致远的"枯藤老树昏鸦,小桥流水人家,古道西风瘦马"等,不都是口语入诗的吗?古人可用口语入诗,今人为什么以口语入诗反而成了庸俗?!

当然,我们不赞成胡适先生"话怎么说,诗就怎么写"的说法。他指的是作白话文。

其实,作白话文这样说也不对,更不要说作诗词了。诗词用语有严格的艺术要求。从某种意义上说,诗词是一种语言的艺术,它的语言必须形象,精练,语新意妙。然而这种要求同以口语入诗并不矛盾。因为第一,有些口语本来就有洗练、幽默、含义深刻的特点,引入诗词后往往会使诗词大为生色;第二,有些口语,含义丰富,形象生动,只是不够精练,经过改造、加工,仍可入诗而保持口语的特色。传统诗词中这样的例子是很多的。

应该说,现代人的口语比古代人的口语更丰富更通俗更活泼了。当代诗词,如能认真吸取传统诗词中明白晓畅的创作经验,尽量吸收当代口语入诗,那对于提高当代诗词的艺术魅力,扩大当代诗词的读者群,为人民大众所喜闻乐见,肯定会产生最佳效果。

遗憾的是,现在有的诗人以口语入诗为耻,把它斥之为浅薄、庸俗、无味。他们的诗作则往往力求文字深奥、晦涩难懂,并热衷于使用僻典,好像越深奥难懂越有水平似的。我们应当诚恳地向这样的诗人奉劝一句:这样的诗风有悖于我们的时代,有悖于人民大众,不会收到好的效果。

在雅与俗的关系上，我们提倡雅俗并举和雅俗共赏。鉴于读者的鉴赏力有高有低，我们的诗词创作中既需要"下里巴人"，也需要"阳春白雪"。最高要求是"雅俗共赏"。我们提倡诗词语言的明白晓畅，通俗易懂，目的在易于让诗词走向人民大众，发挥更大的社会效益，这决不意味着可以降低诗词创作的质量和水平。恰恰相反，正如许多诗词大家的优秀诗作所表明的那样，诗词内容的深刻性同诗词语言的通俗性艺术性达到完美的结合，不是降低，而是提高了诗词创作的质量和水平。

当代诗词大家，中华诗词学会名誉会长臧克家提出诗要三新，即思想新、感情新、语言新，是很对的。当代伟大诗人毛泽东更以他的诗作达到了中国诗歌史的新高峰，为我们树立了思想性与艺术性相统一的榜样，走向大众与改革创新相结合的榜样。我们有信心经过努力，在21世纪内，让当代诗词趋向繁荣，出现人民大众喜闻乐见的新局面。

《中华诗词》2001年第2期

旅游与诗词

古往今来，旅游一直是诗词创作的重大题材。广义地说，凡是在参观、游览、访友、征战、迁谪途中的诗词作品，都可以叫作旅游诗词；我们通常说的山水诗、军旅诗、吊古诗、边塞诗等，都可以列入旅游诗词这个范畴。

诗言志，歌永言。志向高洁、观察敏锐、多情善感是诗人的特点。但诗人不能脱离自然、脱离社会、脱离人民，不能生活在荒无人烟的孤岛上面。尽管旅游的条件优劣各异，有的还十分原始、艰苦、恶劣，但一般来说，诗人一踏上旅途，便有了接触自然、了解自然，接触社会、了解社会，接触人民、了解人民的机会和条件。旅途中的亲历、亲见、亲闻、亲感，往往会激发诗人的创作欲望。于是，既旅游，必有诗。这是诗词创作的一种规律。

在中国的诗词作品中，旅游诗词占很大比重，许多诗词名篇与旅游密切相关。以唐宋诗词为例：王之涣、王昌龄、岑参、李白、杜甫、刘禹锡、白居易、苏轼、陆游、辛弃疾等许多脍炙人口的名篇佳作，是在旅行途中和漫游生活中创作出来的。

旅游为诗人发挥诗词创作的聪明才智打开了广阔的天地。由于旅游不受时间和地域的限制，它所提供的创作题材和内容广泛而丰富；又由于诗人生活经历的不同，世界观、审美观各异，这就决定了旅游诗词选材的广泛性和创作风格的多样性。

有大量的旅游诗词是状写祖国河山胜景的。例如李白的《早发白帝城》《望庐山瀑布》，白居易的《暮江吟》，杜牧的《山行》等，为人们描绘出一幅幅美妙动人的山川图景，在呼唤人们热爱自己祖国的大好山河。有大量旅游诗词，例如杜甫的《秦州杂诗二十首》《蜀相》、"三吏""三别"，李白的《秋浦歌》《宿五松山下荀媪家》等，表现了诗人的爱国情思及对劳动人民的称颂和同情。有许多旅游诗词，例如刘禹锡的《石头城》《乌衣巷》，韦庄的《台城》，杜牧的《泊秦淮》，林升的《题临安邸》，辛弃疾的《菩萨蛮·书江西造口壁》等，抚今忆昔，以国破家亡的历史教训警告世人，表现了关怀祖国命运的强烈责任感。有些旅游诗词，例如王之涣的《登鹳雀楼》，苏东坡的《题西林壁》等，以"欲穷千里目，更上一层楼""不识庐山真面目，只缘身在此山中"等富有哲理性的语言给人以启迪。总之，旅游诗词是我国诗词发展中的重要组成部分。

我们应该继承旅游诗词创作中的优良传统，为繁荣当代诗词创作服务。

我国优越的社会主义制度赋予当代旅游和旅游诗词创作以新的意义，并为之提供了新的机遇和条件。当代蓬勃发展的旅游事业，目的在扩大眼界、增广见闻、休闲娱乐、发展经济，被誉为"无烟工业"；有各种为旅游所必需的机构和设施，而且突破了单纯游山玩水的旧传统，成为观察了解国家命运和建设成就的重要窗口。热爱旅游、热爱旅游诗词创作，正成为广大诗词家和诗词爱好者的普遍爱好，成为振兴当代诗词、贯彻适应时代、深入生活、走向大众方针的一条重要途径。

在今天，一切认真从事诗词创作的人，完全可以通过旅游、通过参观访问和深入生活，写出反映我国伟大时代的优秀诗篇。

发展当代旅游诗词的积极意义在于：可以通过诗词状写山川之美，宣扬改天换地的伟大成就，增进人民的爱国情思；可以歌颂英勇劳动，发扬民族正气，针砭时弊，帮助人们树立前进的信心和勇气；可以照顾市场经济特点，探索诗词产业化经验，即运用诗词的艺术手法，去提高优秀生产企业和旅游景点的知名度，为振兴社会主义市场经济服务。

诗词的艺术魅力在于情景交融，感人肺腑，而又易于吟诵，传之久远，提高山水风物的知名度。杜甫的《望岳》："岱宗夫如何？齐鲁青未了。造化钟神秀，阴阳割昏晓。荡胸生层云，决眦入归鸟。会当凌绝顶，一览众山小"。大大提高了泰山的知名度。崔颢的《黄鹤楼》，王勃的《滕王阁诗并序》，带来了黄鹤楼与滕王阁重建的壮举。杜牧诗句中的"借问酒家何处有？牧童遥指杏花村"，使得许多酒家争相以"杏花村"命名。张继的一首《枫桥夜泊》，引来大量日本的游客。他们不远万里，前来中国的苏州亲自体验"姑苏城外寒山寺，夜半钟声到客船"的诗情画意。毛泽东的著名诗句"不到长城非好汉"，激发了世人游览长城的强烈欲望。

林从龙同志说得好："山水给诗词以养料，诗词给山水以灵魂。"我们不妨戏改刘禹锡《陋室铭》中的名句为："山不在高，有诗则名；水不在深，有词则灵。"从某种意义上似乎可以讲，知名度也是一种生产力。中华诗词所具有的特殊功能和艺术魅力，对提高生产企业和旅游景点的知名度，不会是无所作为的。如果当代诗人通过深入采访，刻苦创作，为中国许多优秀企业和特色旅游景点写出动人的优美诗篇，肯定会为广大人民、游客所欢迎，大大提高其知名度，从而带来好的社会效益与经济效益，自然也会相应地改善诗词事业自身的再生功能和社会地位。

如何创作旅游诗词？我的体验是：旅游，无论在时间上，还是在历程上，都具有流动性和稍纵即逝的特点。它需要诗人善于捕捉形象和勤于思考。如苏轼所说："作诗火急追亡逋，清景一失后难摹。"创作旅游诗词还要看重诗外功。因为旅游过程日新月异，需要不断充实新的知识，不断加强学习。旅游中不重视诗外功夫，对层出不穷的新鲜事物茫然无知，是断然写不出好诗词的。

《中华诗词》2002年第2期

为找到当代王维唱赞歌

我认为,"红豆"诗赛的圆满成功有两大标志。

第一,它以几十万元高额奖金找到了当代王维,获得了一大批以红豆情为主题的优秀诗篇,歌颂了中华民族高尚的爱情、亲情、友情,为繁荣当代诗词作出了突出贡献。特别说一句:

一等奖获得者刘征同志,工诗,能书,善文,著作等身,是当代中国的著名诗人、文人、学问家。

他作为当代王维,当之无愧。趁此机会,我向刘征同志和其他获奖者表示祝贺。

第二,"红豆"诗赛大大提高了红豆集团的知名度。诗赛的参与者计三万多人,来自十三个国家和地区,诗十一万多首,其中的获奖作品,一等奖一名,二等奖十名,三等奖二十名,还有一批优秀作品奖。诗赛盛举被海内外一百多家报刊加以宣传报道。诗赛获奖作品还将结集出版,传之久远。这一切都说明:红豆诗词与红豆集团紧紧相连,红豆诗词传播到哪里,"红豆集团"的影响也跟到哪里。这样的知名度和高雅形象是任何广告和金钱所得不到的。我对红豆集团领导人勇于发起这场诗赛的高瞻远瞩、文化素养和超凡魄力由衷地表示敬佩。

我认为,"红豆"诗赛为诗词与企业结合,为文化搭台与经济唱戏,提供了一个新的典范,打开了一条新的路子。

中国素称诗国。中华诗词源远流长,佳作如林,名句如珠。当代诗词正以先进文化的姿态迅猛发展。社会主义企业需要有先进文化与之相伴和为之引路，否则会变成失群孤雁。

诗词与企业相结合具有广阔的发展前景。当代企业家完全可以同当代诗词组织密切合作，发扬这次"红豆"诗赛的成功经验，继续去寻找当代李白、当代杜甫、当代白居易、当代杜牧、当代苏东坡、当代王安石……创造经济与文化同步发展、物质文明与精神文明共同繁荣的双赢局面。

中华诗词对于提高人文素质及旅游景点、企事业单位的知名度，一向具有巨大的艺术魅力。例如：文天祥的名句"人生自古谁无死，留取丹心照汗青"，曾不知鼓舞多少志士仁人视死如归，保持崇高的民族气节。杜甫的一首《望岳》，使得东岳泰山名扬天下。李白的一首《静夜思》，大大增强了中华民族的凝聚力。张继的《枫桥夜泊》，吸引来大量的日本等国的游客。

从某种意义上可以说，知名度也会起生产力的作用。因此不难理解，诗词不仅具有很高的文化内涵，也具有很高的含金量。当代诗词事业尚未能摆脱经济拮据的困境，但人可以想办法，我们完全有条件逐步改变这种拮据状况。我相信，在党中央"三个代表"思想的指引下，在各级党政领导的支持下，在具有文化素养、远见卓识的企业家们的合作下，我们可以在保持诗词高雅风格的同时，摸索出一条以诗养诗、经济双赢、让诗词加速发展的新路来。

《中华诗词》2002年第5期

| 论文 |

祝贺与期望

《中华诗词》从创刊到现在，十年如一日，一直沿着继承、改革、创新的正确道路奋勇前进，为推动当代诗词的振兴和发展作出了突出贡献。在此，我由衷地表示祝贺！并对杂志社辛勤工作的全体同志致以亲切的问候！

1994年7月，《中华诗词》曾在其《发刊词》中庄严宣告："力求把《中华诗词》办得情文并茂，雅俗共赏，成为优秀诗词的园地，学术研讨的论坛，联系群众的纽带，和促进海峡两岸人民以及国际诗艺交流的桥梁。"

现在回过头来看，《中华诗词》是在努力实践着这种承诺的。

十年来，《中华诗词》坚定执行了中国共产党的文艺路线和中华诗词学会交付的任务，而且由季刊而双月刊、而月刊，与时俱进，越办越好，成为振兴诗词事业繁荣诗词创作的重要力量。鉴于《中华诗词》的重大作用和深远影响，我形容它是当代中华诗词事业的"半壁河山"。

现在，在党的正确路线的指引下，在各级党政领导的关注支持下，在诗词组织和诗词家、诗论家的共同努力下，中华诗词已开始走出"低谷"，趋向繁荣。我们的目标是：在继承优良传统的基础上，经由改革创新，开创社会主义时代诗词新纪元，让当代诗词成为社会主义精神文明的重要组成部分。新的形势要求《中华诗词》发挥更大的作用。我们希望《中华诗词》善于总结经验教训，努力提高质量，扩大发行，为开创诗词新纪元作出新的更大的贡献。

《中华诗词》2004年第7期

| 论文 |

向朱德诗词学习

功勋卓著的朱德元帅不仅是伟大的无产阶级革命家、名满天下的军事统帅，而且是一位素养很高的杰出诗人。我十分敬佩朱德的才能、人品和贡献。早在抗日战争时期，就曾知晓朱德同志在太行山英勇抗击日寇，与人民同甘共苦的动人故事。

朱德同志与毛泽东同志一起缔造了一支百战百胜的人民军队，最终打出了一个人民当家做主的新中国。欣逢朱德元帅120周年诞辰，我情不自禁地写了两首小诗。愿趁此机会，读给各位，请批评指正。

林密山高忆太行，当年抗日帅旗扬。

人民子弟军威壮，战胜强敌弱变强。

兴师讨逆是英豪，拉朽摧枯战绩高。

主帅英明君睿智，红旗万里蔽空飘。

对朱德诗词，我学得不够，缺乏研究，只谈点粗浅的感受。

从《朱德诗词集》中看，朱德同志崇尚杜甫，多次步杜甫的诗韵作诗。

朱德元帅三十二岁时，即1919年，写过《秋兴八首用杜甫原韵》，其中有这样的诗句："传遍军书雁字斜，誓拼铁血铸中华。""雄飞志在五洲外，烈战功存四海陂。"

朱德六十岁时，即解放战争期间的1947年，又写过《感事八首用杜甫〈秋兴〉诗韵》，指出："国贼难逃千载骂，义师能奋万人心。""锦绣河山收拾好，万民尽作主人翁。"

我们知道，唐代大诗人杜甫是中国的"诗圣"。《秋兴（八首）》是杜甫旅居夔州时吟成的千古绝唱。这八首诗首首蝉联，结构严密，抒情深挚，体现了诗人晚年的思想感情和艺术成就。

单是从崇尚杜甫并步其韵作诗，即可说明朱德同志那时已具有较高的诗词修养。况且，这两组诗还表现了朱德同志可贵的革命精神和爱国情怀。

朱德诗词中不乏"阳春白雪"，也有"下里巴人"，或一首诗词中两者兼而有之，可以收到雅俗共赏的效果。据我看，朱德早期的诗作，格律谨严，文字清丽，长于用典。其晚年诗风则有变化：比较地说，用典少了，明白晓畅，生动活泼的语言多了。例如，他在1962年，即七十五岁时写的《看杭州金星生产队》："金星生产队，工作抓得好。执行《六十条》，生产队化小。不愿大呼隆，避免来回跑。开荒不误时，耕种都提早。自动来上工，不须人来找。养猪又养兔，副业真不少。有菜又有肉，顿顿吃得饱。年年有长进，根基巩固了。"这首诗既通俗又生动，十分难得。当然，这是个比较突出的例子，还有其他诗词，也大都通俗易懂。我想，朱德诗词风格的这种变化，大概是出于扩大诗词社会功能的考虑。我认为，这样的趋向和愿望，是合乎诗词创作的社会需要的。诗词作品，尽管属于高雅艺术，应力求多出精品力作，达到思想性与艺术性的完美统一，但诗词创作的目的，毕竟是要人看的，应具有显著的社会功能。诗词越明白晓畅，便越有读者，越能发挥其社会效益。因此，诗词创作应力求做到有雅有俗和雅俗共赏。今天我国已经是人民当家做主的社会主义国家。经济的发展、教育的普及、文化的提高，为人民大众创造了欣赏诗词、借以提高思想陶冶性情的新的条件。我们有责任让诗词适应时代，深入生活，走向大众，成为促进精神文明、构建和谐社会的重要条件。

总之我认为，既言志抒情，又明白晓畅，是朱德诗词的一大特点。我个人要继续努力学习，也希望更多当代诗人、词家和诗词爱好者加以学习和继承。

《中华诗词》2008年第1期

附：纪念孙轶青会长诞辰100周年朗诵会诗作

"掌门十载芳菲艳，铺就中华动地诗。"2022年3月16日下午，中华诗词学会"纪念孙轶青先生诞辰百年诗词朗诵会"在学会会议室举行。

诗词朗诵前，周文彰会长详细介绍了孙轶青先生生平及其在当代中华诗词发展中的重要贡献。他说，孙轶青先生别号红霞寓公，1922年3月14日出生于山东省乐陵市，1938年12月参加革命并加入中国共产党，历任沧县县委书记、冀鲁边区地委秘书长兼宣传部副部长，东光县县委书记、共青团清河地委书记。1950年起历任共青团上海市委常委兼宣传部副部长、部长，共青团中央宣传部副部长，《中国青年报》社副总编辑、总编辑等职。1962年4月任共青团中央常委兼《中国青年报》社社长、总编辑。1964年任全国青联副主席。1972年任《北京日报》社党委书记、总编辑兼中共北京市委宣传部负责人。1976年10月任《人民日报》社副总编辑。1980年1月起，历任国家文物局副局长、常务副局长、文化部党组成员兼文物局局长。1983年6月任全国政协副秘书长，1984年4月任全国政协机关党组成员。

周文彰介绍，孙轶青先生在全国政协工作期间，参与了中华诗词学会的筹建工作。学会成立后，被聘任为学会顾问。1990年改任副会长兼秘书长，主持学会日常工作。1997年担任会长。他为中华诗词的复兴发展奔走呼号，忘我工作，殚精竭虑。他提出了中华诗词要"适应时代，深入生活，走向大众"的方针，亲自主持制定了《21世纪初期中华诗词发展纲要》，主编了《中国当代诗人词家代表作大观》第一、二、三卷，创作出版了《开创诗词新纪元》文集和《孙轶青诗词集》，为推动中华诗词事业的繁荣发展，发挥了不可替代的重要作用，赢得了海内外诗人的广泛敬重与热爱。可以说，孙轶青先生是当代中华诗词的杰出组织者和领导者。2009年3月17日，孙轶青同志因病医治无效在北京逝世，享年87岁。为表彰孙轶青先生对中华诗词事业的巨大贡献，经中华诗词学会二届五次常务理事会研究决定，授予其"中华诗词终身成就奖"。

  周文彰最后强调，孙轶青先生团结带领学会机关和杂志社的同志们，为中华诗词今天的繁荣局面和美好发展前景打下了坚实的基础，是当代中华诗词的宝贵遗产。我们一定要继承孙轶青先生把中华诗词当作毕生事业的高尚品德，努力推动当代诗词不断发展前进。

  中华诗词学会常务副会长范诗银在主持活动时说，筹备年度工作的时候，纪念孙老诞辰一百周年就是今年学会的十二项重要工作内容之一。《中华诗词》杂志第二期专门请李文朝同志撰写了长篇回忆文章，来纪念孙轶青老会长。下一步，我们还要结合庆祝中华诗词学会成立三十五周年、第三十四届学术研讨会等活动，来研讨他的诗词学术思想。同时，还要以编辑出版他的诗词集、展览他的手迹等多种形式，来表达我们对孙老的敬佩之情。

  周文彰、范诗银、高昌、刘庆霖、沈华维、张存寿，以及学会机关、杂志社全体同志参加活动，并朗诵了自己创作的纪念作品。胡宏云同志朗诵了孙老生前的诗词作品。

周文彰

纪念孙轶青会长诞辰100周年

寿柏凌空目不移，长风万里见惊奇。
掌门十载芳菲艳，铺就中华动地诗。

范诗银

怀念孙老

遥思渤海水花红，沪上青云卷大风。
读版千行摘汉字，弹尘百典辨秦铜。
太平桥畔兰亭美，白塔寺前词句工。
最是开元新世纪，吟旗猎猎舞长空。

罗　辉

孙老诞辰一百周年即事

孙竹新风碧玉枝，老林照月拜仙姿。
诞弥壮节披烟霭，辰立幽岩映晓曦。
一世枯荣斗香蘂，百般寒暑寸心驰。
周旋四季邀松菊，年有阳春白雪诗。

高　昌

孙老百年祭

五届同心所以成，一声孙老万千情。
彩云易散青山在，剑气难销笔阵横。
鞭趁春风催骥足，旗开晓日奋鹏程。
骚坛接力薪传火，更向高峰高处行。

林　峰

孙轶青老百年诞辰

松烟数点绝纤尘，每对长歌自怆神。
笔绽琼瑶明海色，心涵珠玉养天真。
安于寂寞能知古，始信艰危可出新。
邀得乐陵原上鹤，诗花已换百年春。

刘庆霖

纪念孙轶青会长诞辰一百周年

晚岁心痕印九州，每缘本色放吟喉。
风光砚海三分月，绳墨诗坛十五秋。
居处清风盈小院，去时嘉誉满高楼。
站于纸上那些字，仿佛先生身影留。

沈华维

孙公轶青会长诞辰百年

风雨凋零韵事哀,复兴大业赖雄才。
文能射虎天生就,笔可屠龙手自来。
前辈典型伤渐少,百年大树问谁栽。
九泉之下君应慰,今日诗花遍地开。

张存寿

纪念孙轶青会长诞辰一百周年

惯看刊头字,方知剑与琴。
诗词千古美,风物百年新。
规划接纲要,清歌步雅音。
后生当不悔,更有晚来人。

何 江

孙轶青先生百年诞辰有寄

追思吟脉一旌崇,白塔禅音绕雪鸿。
年少兜鍪曾侄偬,笔酣韵苑始葱茏。
西城桥畔秋枫里,东四槐荫春雨中。
待到唐风熏宇内,凌烟阁上谒孙公。

黄小甜

纪念孙轶青会长诞辰一百周年

纵横健笔美书诗,剑胆琴心举帅旗。
素仰文章蒙教泽,程门踏雪我来迟。

胡　宁

纪念孙轶青先生百年诞辰

不孤振臂为诗鸣，一束文笺入简青。
展卷松烟凝记忆，镜人渊渚濯簪缨。
信封犹印那年字，华藻今春千万城。
正有鲸波推汉韵，涓流已发海之声。

翁苏梅

孙轶青会长诞辰一百周年

乐陵人杰号孙公，革命生平大帜红。
开创诗词千载业，传承文化万年风。
先贤寿诞思苍竹，后辈清怀仰翠松。
学会而今谋大局，骚坛遥看日初东。

石达丽

纪念孙轶青会长诞辰一百周年

英魂百载正壬寅，忆到如今尚有痕。
德范名垂身后事，风云物换世间人。
似曾谋面音容在，且看虚怀翰墨真。
仰首遥空一轮月，诗潮奔涌到簧门。

李建春

丙子年"两会"与孙老在一起

一张名片贯时空，笑貌谦谦立眼中。
怀感砚池迷细雨，梦思诗韵醉春风。
五车学富惊明月，八斗才倾落雪鸿。
剑舞琴横谁可匹？建安风骨数孙公。

郭友琴

孙轶青先生百年诞辰纪念

竭力推诚为再兴,先生亮节众心铭。

廿年蓝褛开诗路,一片红霞笼雅庭。

清誉留存人已远,宏图施展德逾馨。

长怀更仰风流格,轶事凝辉耀汗青。

武立胜

重读《开创诗词新纪元》兼怀孙轶青会长

华章一卷耐研读,最是先生笔力殊。

老骥兼程蹄尚健,新元奋帜气犹足。

韵因弊病倡修改,文尽余年作鼓呼。

为有霞光长照耀,诗航万里不迷途。

张伟超

孙轶青先生百年诞辰

续行文脉接先贤,卅载长追开拓篇。
何及准绳传事后,缅怀正气向人前。
大鹏抟翼忽千里,老骥扬蹄思百年。
此日悼公真眩目,仰头直上是青天。

宋彩霞

纪念孙轶青老会长诞辰百年

后生不识百年前,但幸聆听北海边。
捧读旅游三十韵,临磨悬肘五更天。
红霞常赠新风绿,纲要每题甘露鲜。
且看今朝春蔚蔚,诗城妩媚颂公贤。

潘　泓

孙轶青会长百年华诞有怀

文章事业仰高峰，一百春秋觅有踪。
战地花黄曾跃马，诗河水碧合游龙。
挈壶挈杖翁应笑，收夏收秋亩已丰。
此日群英争继踵，回听纲要似洪钟。

胡　彭

缅怀孙轶青老会长

未曾识面恨来迟，事迹听闻足我师。
此日万花争炫耀，当时百废待重为。
投降庸俗世风在，整理兰薰智者谁。
大义还从小诗起，文章新纪举旌旗。

何　鹤

怀念孙轶青会长

为使诗坛绿意浓，不遗余力借东风。
后来名利双贪辈，侃侃而谈可脸红？